血　縁

長岡弘樹

集英社文庫

目次

血縁

文字盤

1

寺島俊樹《てらじまとしき》は、周囲に人気《ひとけ》がないのを確認してから、目出し帽を被《かぶ》った。

コンビニの自動ドアを開け、店内に入る。

レジカウンターの向こう側にいる店員は、初老の男だった。年齢は六十を超えたぐらいか。ボールペンを持ち、カウンターに屈《かが》み込んでいる。

「いらっしゃいま――」

顔を上げた店員は、こちらと目が合うと、口を開けたまま固まった。

寺島は、まっすぐレジに向かった。まだ棒立ちになっている店員と向き合う。彼の胸元に目をやると、ネームプレートには『店長　うちむら』と書いてあった。

その内村に、寺島は隠し持っていたナイフの刃先を向けた。

「喋《しゃべ》るな」

内村が半歩ほど後退《あとずさ》る。

寺島は内村の手元を見た。いま書いていたのは伝票のようだ。

「レジ」と寺島は短く続けた。「開けろ」

このとき店内に電話の鳴る音がした。音はレジ横の事務室から聞こえてくる。

すると内村は、手にしていたボールペンを伝票の上に走らせ、文字を書きつけた。

寺島はその紙に目を落とした。

【でていいか】

と書いてあった。達筆だった。走り書きだが、はっきりと読める。

内村はボールペンを手放し、今度はしきりに事務室の方を指さし始めた。

その仕草で、【でていいか】の意味するところが明確になった。いま鳴っている電話に応答してもいいか、と内村は訊《き》いているのだ。

その問いかけに、寺島はイエスともノーとも答えなかった。ただナイフの刃先をもう一段階前に突き出し、「レジ」と「開けろ」だけを繰り返した。

内村がレジを開けた。

電話はまだ鳴り続けている。

寺島はカウンター越しに手を伸ばした。そして、レジにあった一万円札を三枚鷲掴《わしづか》みにすると、入ってきたドアから急いで外に逃げた。

足を止めたのは、店を出て十メートルばかり走ってからだった。

寺島は体の向きを変えた。目出し帽を脱ぎながら店内に引き返し、たったいま奪ったばかりの三万円を内村の手に返してから訊《たず》ねた。

「こんな感じでしたか」

受け取った紙幣をレジにしまいながら、内村が答える。

「そんな感じでした」

「犯人の台詞《せりふ》に間違いはありませんでしたか？　『喋るな』、『レジ』、『開けろ』――本当に、これだけしか言わなかったんですか」

「ええ」

このコンビニで強盗事件が発生したのは一昨日《おととい》――二月二十三日の夜十一時半ごろだ。まだ三十時間と少ししか経《た》っていないから、記憶は確かだろう。

だが――。

寺島は内心で舌打ちをしていた。たった三語とは、手がかりとして物足りない。捜査をするこちらとしては、犯人が饒舌《じょうぜつ》であればあるほどありがたいのだ。犯行時、ホシが残した言葉は、呟《つぶや》きの声の一つですら、刑事にとっては宝となる。

気がつくと、いまだに電話の音が鳴ったままだった。寺島は事務室のドアに向かって声をかけた。

「おい、もういいぞ」

後輩の太田《おおた》が事務室から出てきた。手に携帯を持っている。その終話キーを太田が押すと同時に電話の音も途絶えた。

「主任、どうっスか」

太田の問いかけに、寺島は渋面で応じた。

防犯カメラに記録されていたとおり、いま自分は犯人の動きを忠実になぞってみた。そのつもりだった。だが、どこかが映像と違っていたような気がしてならない。その「どこか」がうまく説明できないのだ。

店内の時計を見やると、時刻は午前六時四十分だった。

気が急《せ》いてきている。

この店は二十四時間営業ではない。午前零時から午前七時までは閉まっている。その閉店時間を利用し、被害者の内村にも協力を仰ぎ、犯行を再現してみたまではいいが、このまま手ぶらで帰ったとあっては何の意味もない。

「さすがの『寺島式』でも駄目っスか」

太田の心配そうな表情に嘘《うそ》はなかった。いまの言葉は決して皮肉ではないようだ。

徹底して当事者の立場に身を置くことで、見えなかったものが見えてくる。だから目撃者の証言や防犯カメラの映像などを元に、犯人や被害者になりきり、彼らが動いたとおりに演じてみる。――こうした自分の捜査方法には自信を持っていた。

刑事になってからまだ十五年にしかならないが、そのあいだに、このやり方で挙げたホシの数は四十を超えていた。暴いた証言の矛盾なら倍の数だ。正直、県警本部が『寺島式』とでも命名し、正式な捜査法として採用してもおかしくはないとさえ思っている。

「いや、見えてきた」

そう、『寺島式』は今回も健在だった。秒を追うごとに、目の前を覆っていた靄《もや》のようなものが消え、さっきまで分からなかった「どこか」の正体が、いまでは、はっきりと摑めるようになっていた。

開店の時間が迫っているせいか、内村はそわそわした様子だ。だが寺島は構わずに言った。

「店長。もう一度見せてもらいますよ、防犯カメラ」

太田を伴って事務室に入り、録画装置の再生ボタンを押した。

犯人が入店する少し前から見始める。

音声が記録されていないのは難点だが、画質は悪くなかった。人物の目の動きや表情までよく分かる。

カウンターで伝票を書く内村は、不必要に体を揺らしたり、短い間隔で何度も時計を気にしたりと、落ち着かない様子だ。もっとも、まもなく孫が生まれるとあっては無理もない。

事件のとき事務室で鳴った電話は、孫の誕生を告げる家族からの連絡だった。生まれたらすぐにかかってくる手筈《てはず》になっていたのだ。

だから強盗に刃物を突きつけられようが何だろうが、内村としては、受話器を取りたくてたまらなかった。そこで、あのような走り書きまでして、犯人に頼み込んだわけだ。

やがて画面の中に、目出し帽を被った犯人が登場した。内村に凶器を向ける。身のこなしからして、若い男であることは間違いない。体の線が全体的に細いから、二十代前半といったところか。あるいは、もっと下かもしれない。

内村が伝票に【でていいか】の文字を書き、事務室の方を指さした。

「いいか、犯人の目の動きだ。よく見てろ」

太田に注意を促してから、寺島は自分も映像を凝視した。

目出し帽の人物は、内村が書いたメモに視線を向けた。

それをいったん内村へと戻す。

それからもう一度メモを見た。

そしてまた視線を内村へ戻してから、刃物の先端を一段階前に突き出した。

犯人がレジに手を伸ばしたところで、寺島は映像を止めた。

「どうだ。気づいたか?」

「ええ。メモを見た回数っスよね。二回見てました」

「そうだ。それに見ていた時間もおかしい」

「時間、スか？」

「つまり長さってことだ。もう一度再生するから、犯人が何秒間メモに目を向けていたのか、ちょっと計ってみてくれ」

　映像を早戻しし、いまと同じシーンを画面に流した。

「最初は三秒ぐらいっスね」腕時計の秒針を確認しながら太田が言った。「二回目も同じく三秒っス。――ってことは六秒間も、この犯人は店長の書いたメモを見ていたことになりますね」

　寺島は頷《うなず》いた。

「長すぎる。で、て、い、い、か。たった五文字の平仮名なら、一秒ぐらいで認識できるはずだ」

「まして店長の字、めっちゃきれいだし」

「ああ。もっとも、犯人はカウンターの外側から見たわけだから、字は上下が逆さまに見えていたはずだ。だから、もしかしたら読み取りに三秒ぐらいはかかったかもしれない。だけど、それでも二回は見る必要がないだろう」

「ええ。なにしろ、店長からどんな反撃がくるか分からない場面ですからね。そんなに長いあいだ、じっと文字を気にしてるってのは、やっぱおかしいっスよね」

寺島は事務室から顔を出し、開店準備で店内を動き回っていた内村を呼んだ。

「店長、もう一度訊きますが、犯人は外国人という感じではなかったんですよね」

「ええ。それはまず考えられないですよ」

目出し帽から覗《のぞ》いた肌の色も、目の色も、喋り方も、全部日本人のものだった。――すでに何度か繰り返した証言を、内村はさすがにうんざり気味の顔で口にした。

「つまり日本語は理解できた……と」太田は顎《あご》に手をやった。「ほかに、文字をじっと見つめなきゃいけないわけってありますかね？」

「もしかして、犯人は迷ったんじゃないか」

「迷った……ってのは？」

「内村店長を電話に出させてあげようか、どうしようか、迷ったんだよ」

今度は太田が渋い顔をする番だった。

「そりゃ不自然でしょう。だって強盗やってる最中ですよ」

「たしかにそうだが、もしこの犯人が、店長の家庭の事情を知っていたらどうだ。あのとき鳴った電話が孫の誕生を知らせるものだと知っていたら」

「……なるほど。情が芽生えた、ってことっスか」

「ああ」

「でも、どうかなあ」

「あらゆる可能性に当たるのが刑事の仕事だろ。すぐ店長から交友関係を聴取しろ」

実のところ、自分でも、いささか無理があるように思えてならない。だが、ほかに解釈のしようがない以上、まずはこの線に食い付いてみるしかないだろう。

「ほら、動けよ」

ぐずぐずしている太田の肩を叩《たた》いた。と同時に、上着のポケットで携帯電話が震え出した。

《寺島くんですか》署長の佐伯《さえき》だった。《朝早くからご苦労ですね。どうです、コンビニの件は？　ホシの見当はつきましたか》

鎌込《かまごめ》署の規模は県下十七署のうち最小だ。署員の数は五十人に満たない。そうした理由もあって、佐伯は常に、部下の動きを一人ひとり細かく把握している。

「はい。二十歳《はたち》前後で、被害者の店長とは面ありの男。その辺を洗ってみようかと思っています」

《そうですか。まあ『寺島式』もけっこうですが、周りに迷惑をかけずに捜査を進めてください。――ところで、彼の話はもう耳に入っていますか》

「彼？　誰のことですか」

《末原《すえはら》くんですよ》

「末原……。あいつが、どうしたんです？」

《昨日、病院を退院して、自宅に戻ってきたそうです。つまり、ようやく面会ができるということです》

「そうですか。初耳でした」

末原稔《みのる》――。同期の警察官であり、昔からの親友でもある。

その末原が交通事故に遭ったのは三か月ほど前だった。運転していた車に大型トラックが突っ込んできたのだ。

事故後、彼は病院のベッドで、ずっと昏睡《こんすい》状態にあった。意識を取り戻したのは一週間前だ。しかし検査のため、面会はできない状態が続いていたところだった。

《寺島くん、きみが忙しいのは承知していますが、午前中に、末原くんの家へ行ってもらえませんか。例の件がどうなっているのか、様子を見てきてもらいたいのです》

「……はい」

《では、報告を待っています》

2

線路沿いの道に車を停《と》めた。ここから末原の家までは、ちょっと歩かなければならないが、ほかに路駐できる場所がないのだからしかたがない。

寺島は、車を降りる前に携帯電話を開き、先ほど受けたメールをもう一度呼び出してみた。

【来ていただけませんか　末原】

受信時刻は午前九時半だった。佐伯の電話からほぼ三時間後に、今度は当の末原の方から面会を望んできたわけだ。丁寧な言葉遣いになっているのは、妻の満知子《まちこ》が代理で打ったものだからだろう。

末原の用件は何なのか、考えるまでもなかった。彼の念頭にあるものと、いま佐伯が気を揉《も》んでやまないものは、完全に一致しているはずだ。

末原の家を目指して通りを歩いていると、目に入ってきたのはゴミの集積所だった。路肩に積み上げられた多くの袋。その中身につい視線がいってしまうのは職業病というやつだろうか。勤務時間の何十分の一かはゴミ漁《あさ》りに費やされる。それが刑事という仕事の特徴の一つだ。

袋は完全な透明ではないから、内容物も薄《うつす》ら形が分かる程度にしか見えないが、袋の内側に密着したゴミならばその限りではない。

思わず立ち止まってしまったのは、ゴミ袋の一つに、興味深い中身を見つけたからだった。

その場で開けてみようかとも考えたが、近所の目もある。いったん立ち去り、まずは末原宅のチャイムを押した。

「お久しぶりです、寺島さん。ようこそいらっしゃいました」

顔を出した満知子に挨拶を返し、家に上がった。

廊下を奥へ進む途中、彼女に訊いてみた。

「どうですか、あいつの様子は」

「はい、末原はそれなりに元気なんですけれど、息子の方が……。引き籠もりっていうんですか。あの事故以来、ほとんど部屋から出てこない状態で」

末原の息子、順也《じゅんや》の青白い顔を、寺島は思い描いた。

「今日は寺島さんがお見えになるから、挨拶ぐらいはしなさいと言ってあるんですが……」

やはり部屋から出てこないかもしれません。満知子は頭を下げ、事前に非礼を詫《わ》びてから、こちらを居間に通した。

久しぶりに会う親友は、部屋の中央に設置された電動ベッドの上に横たわっていた。

「よう、末原。おれが誰だか分かるか」

寺島が声をかけると、満知子が透明なアクリル板を持ってベッドサイドに近づいた。板には「あ」から「ん」までの平仮名と数字などが書き入れてある。それを末原の前にかざし、満知子は一語一語、文字を読み上げた。

――げ、ん、き、か、て、ら、じ、ま。

末原の全身は麻痺《まひ》している。動かせるのは眼球だけだ。また、喉頭部にも裂傷を負ったため、声が出せない。そのことは寺島も事前に聞いていた。

知らなかったのは、コミュニケーションを取る方法だった。こうした文字盤を見るのは初めてだ。どうやら、患者が見つめた文字を、反対側から介護者が、患者と視線を合わせることで読み取っていく仕組みになっているようだ。

「なるほど、そうやって会話をしているんですね」

「ええ、これが一番手軽ですから。全身の筋肉が動かなくなってしまう難病があって、その患者さんがよく使っている方法なんです」

それにしても、読み取るのは難しくないのだろうか。介護者側からは文字が反転して見えるわけだから、慣れるまで少し戸惑うのは確かだろう。

寺島は末原に視線を戻した。

「おれはまあ、なんとか元気にやってるよ。さっきはメールをありがとうな。――ところで末原、おまえ、記憶は大丈夫なのか」

また満知子が文字盤を読み上げて応答する。

――か、ん、ぺ、き、だ。な、ん、で、も、お、ぼ、え、て、い、る、よ。

記憶が、残っていた。しかも完全に……。

正直、驚きだった。一般的に昏睡状態というものは、三週間が一つの区切りだと言われている。つまり昏睡したまま三週間経っても目を覚まさなければ、あとはもうずっとそのままになってしまう場合が多いのだ。

三週間どころか三か月後に意識が戻り、なおかつ記憶が完全に保たれているというのは、かなり稀《まれ》なケースではないだろうか。

引き続き末原の目が動いた。その視線を追いながら満知子が通訳を続ける。

――い、ま、ど、ん、な、じ、け、ん、を、お、つ、て、い、る、ん、だ。

「コンビニ強盗だよ、一昨日の晩のやつ。テレビで見たろ」

――ね、つ、と、で、み、た。

寺島はベッドの枕元に目をやった。ノート型のパソコンが置いてある。「ネットで見た」。鎌込署のサイトで見たわけだ。

管轄内で強盗事件などが起きた場合、防犯カメラの映像があれば、それを署のサイトですぐに公開している。

加えてあの映像は、昨日、全国のニュースでも放映された。だから、これから多くの情報が寄せられるはずだった。ありがたいことだが、反面、ガセネタに振り回されることにもなるだろう。

そんなことを考えていると、階段から足音がした。二階から誰かが下りてきたようだ。

やがて十七、八歳の少年が居間の入り口に顔を見せた。

順也だ。

満知子の顔が変わった。ほっとしつつも驚いている。その表情から、彼女が息子の顔を見たのはずいぶん久しぶりのようだと窺《うかが》い知れた。

「こんにちは」

こちらに向かって頭を下げた順也の様子からは、引き籠もりという先入観があるせいだろうか、日陰で育った植物がついに萎《しお》れたところ、とでもいったような印象を受けた。

「もう大丈夫なのかい」

事故に遭ったのは末原だけではない。順也もだ。

当時、順也は市街地の本屋でアルバイトをしていた。事故の日は、バイトをずる休みしたいと言い出したらしい。それを知った末原が彼を叱り、無理やり車に乗せ、本屋まで送り届けようとした。その途中であの事故が起きたのだ。

おまえが人の道を外れてしまうことが、父さんは何よりも怖い。——そう言い聞かせて息子を育ててきた末原だからこそ、バイトのずる休みすらも、そう簡単に見逃すわけにはいかなかったわけだ。

「はい。もう」

順也は頭に軽く手をやり、短く答えた。

助手席に乗っていた彼は、頭を強打し、数日間、意識を失っていた。だが、いま見るかぎりでは、なるほど体に異常はなさそうだ。

「それ、ぼくがやる」

順也は、満知子が持っていた文字盤へ手を伸ばした。

いままでこんなことは一度もなかったのだろう。息子に文字盤を手渡した満知子の表情は、さらに驚きの度合いを増した。

「母さん、寺島さんにお茶。ぼくにもね」

はいはい、と台所の方へ退く満知子を見送ってから、寺島は末原の耳元に顔を近づけた。

「ところで末原、おまえ、ずっとベッドの中じゃあ退屈だろう？　犬でも飼ったらどうだ。チワワとかプードルとか、部屋の中で飼えるやつだ。可愛《かわい》いから、見ていて飽きないぞ」

末原が眼球を動かした。

満知子から交替した順也が、文字盤に目を向けながら口を開く。

――そ、れ、も、い、い、な。

「本当か？　本当に飼う気があるのか？」

――う、ん。か、い、た、い、ね。

寺島は一度深く息を吐き出すと、今度は末原ではなく、順也に向かって話しかけた。

「試験はもう余裕ってわけかい」

去年高校を卒業した順也は、本屋でバイトをする傍ら、町役場の職員になるため、採用試験の勉強もしているはずだった。試験は今年の夏に行われる予定だ。

「……いいえ」

「じゃあ、本を捨てちゃまずいだろう」

順也は、初め何を言われているか分からない、という顔をしていたが、やがて合点したらしく、落ち着きなく目を伏せた。

寺島は先ほど目にしたゴミ袋を思い描いた。ある袋から透けて見えていたのは一冊の本だった。表紙に書かれたタイトルは『一般常識問題集』。公務員試験の参考書で、年度は来年のものだった。

この近所で、あの類の本を所持しているのは、順也ぐらいしか考えられないだろう。引き籠もりだと満知子は言っていたが、ゴミ出しぐらいはするようだ。

いや、そんなことよりも不思議だったのは、参考書の表紙がカッターのようなもので滅茶苦茶《めちゃくちゃ》に切り裂かれていたことだ。普通の行為ではない。

試験までまだ半年もあるのだから、もう合格をあきらめてしまったとは考えにくい。だとしたら、何か腹に据えかねることでもあって、あの本に八つ当たりでもしたということか……。

満知子が持ってきた茶に一度だけ口をつけ、寺島は腰を上げた。

「邪魔したな、末原。また来るよ」そして最後に、もう一度だけ繰り返した。「本当に犬を飼うつもりなんだな？」

――そ、の、う、ち、か、う、よ。

文字盤に目を向けながら、順也が代わりに答えた。

3

署の前にある広場には、近くの住民が大勢集まっていた。うるさくてしょうがない。万引き防止キャンペーンがスタートするのは大いにけっこうなことだ。しかしそのために、一日警察官などと称して、地元出身のプロ野球選手をわざわざ呼ぶ必要がどこにあるというのか。

寺島が署長室に入っていくと、案の定、佐伯は姿見の前に立っていた。髪形を整えながら、胸につけた署長記章の位置を気にしている。

「署長。例の件ですが――」

午後からのイベントに出席する準備を進める佐伯に、寺島は鏡を介して続けた。

「末原にはうたう気がないようです」

〝例の件〟とは裏金のことだ。

県警の裏金問題が表面化したのは、半年前——去年の夏だった。秋には、市民オンブズマンが起こした監査請求を受け、すべての署に県の調査が入った。二か月をかけた調査の結果、県下十七署のうち、十六署で裏金作りが確認され、多くの警察職員が処分を受ける事態となった。

ただ一箇所シロだったのが、この鎌込署だった。

しかし、実はここでも、幹部の主導で密《ひそ》かに裏金作りが行われていたのだ。そのダーティワークを無理やりさせられていたのが、警務課で会計を担当していた末原だった。県の監査が入る、との情報が流れた直後から、佐伯は末原に口を閉ざすよう迫った。末原さえ黙っていれば、バレないと踏んだのだ。

末原は迷った。不正を隠すべきか。それとも、辞職する覚悟で、裏金作りの実態を監査委員に伝えるべきなのか。

彼は、親友である寺島に悩みを打ち明けた。

すると、その動きを察知した佐伯が、今度は寺島に、末原を黙らせておくよう命令してきた。

友人と上司のあいだで板ばさみになった寺島は、結局、権力を持つ方に屈した。末原と接触しては、彼の動向を逐一、佐伯に報告するようになったのだ。

しかし、早い段階から末原は、裏金作りの証拠となる文書を封筒に入れ、懇意にしている地方紙の記者に預けていた。さらには、ひとこと連絡をすれば記者がそれを開封し報道する、といった段取りをつけていた。

――もしも、うたうと決めた場合は、その前に、必ずおれに教えてくれ。

寺島としては、そう末原と約束を取り付けることで、ふいの告発に対する予防線を張っておくのが精一杯だった。

末原が事故に遭ったのは、そんな矢先だった。

結果、末原の口は閉ざされたかたちとなり、鎌込署だけがシロとなった。

佐伯は組織の中で大いに株を上げた。いまでは、次の定期異動で本部の部長に昇進することが確実視されているほどだ。

「寺島くん、それは確かなんでしょうね」

「ええ。絶対に間違いありません。二回確かめましたから」

――犬でも飼ったらどうだ。

あの問いかけは、かつて末原から相談を持ちかけられたときに思いついた符牒《ふちょう》だった。

「犬」は「警察」を意味している。

裏金作りをうたう、すなわち告発するつもりなら、その問いかけに対する答えは「飼わない」だ。組織をはねつけるということだ。

反対に、黙っているつもりなら、答えは「飼う」である。

そうした取り決めも、二人のあいだで交わされていた。

「寺島くんが言うなら間違いありませんね」

末原とは子供のころからの付き合いだ。いままで彼に嘘をつかれた経験は一度もない。こうした関係を知っていたからこそ、佐伯はこちらに目をつけてきたのだろう。

佐伯のことだ、末原がうたうと決意した場合の懐柔策も、きっと何か考えていたに違いない。だが、そんな話は知りたくもなかった。どうせ汚い手に決まっている。

「まあ、何にしても安心しました。あとはコンビニ強盗を早く捕まえるだけですね」

もう行け、というように佐伯は軽く手を上げた。

署長室を辞した寺島は、喫煙室へ立ち寄った。一か月我慢した煙草《たばこ》だが、こうまで気分がぎすぎすしては、どうしても吸わずにはいられなかった。

立て続けに何本か灰にしたあと、残りを手で握りつぶし、屑籠《くずかご》の中に叩きつけた。

末原は裏金作りを告発しない――それを知って、自分もいま、胸のどこかで正直ほっとしている。そして相変わらず、佐伯のような男に取り入ることで、この田舎署から本部に引き抜いてもらおうとしている……。

苛々《いらいら》が収まらず、煙草を捨てた屑籠を一度蹴りつけてから、寺島は喫煙室を出た。

刑事課の部屋へ戻り、課長の永瀬《ながせ》に簡単な報告を済ませたあと、その辺を漁り、要らない段ボール箱と透明ラップを探した。

するとと太田が近寄ってきた。

「いま、内村店長の交友関係を洗ってますけど、やっぱ見込み薄《うす》っスね。まず若い男ってのがほとんどいませんから」

「もっとよく調べろ」

太田を押しのけ自分の席に着くと、段ボールを切って四角い枠を作った。それにラップをぴんと張り、マジックで縦横の線と五十音の平仮名や数字を書き入れる。

そうして文字盤を拵《こしら》えると、今度はこちらから太田を捕まえ、その使い勝手を試してみた。

相手の視線を読み取るのは、思ったより簡単だった。反転した文字にもすぐに慣れた。なるほど、こんなものか。

早々と興味を失い、寺島は文字盤を屑籠に放り込もうとした。

その手を途中で止めたのは、脳裏で何かがつながったのを感じたからだった。

「太田……」

「はい？」

「もう一度カメラの映像を見せてくれ」

太田がポータブルのＤＶＤプレイヤーを準備した。中に入っているディスクには、コンビニの事務室にあった映像と同じものがダビングしてある。

「今度こそ摑めたんスね」

「……ああ、たぶんな」

「何です」

「もしかしたら、犯人には分からなかったんじゃないのか」

「分からない？　何がスか？」

「理由だよ。内村がなぜ【でていいか】という文字を書いたのか。犯人にはその理由がまるで分からなかったのさ。六秒間もメモを見なきゃならなかったのは、その理由をじっと考えていたからだ」

こちらの言葉をよく理解できないでいる様子の太田に、寺島は小銭を押し付けた。

「悪いが、ちょっとそこの薬局まで行ってきてくれ」

4

目出し帽を被ってコンビニに入る前、今日もまずは、念入りに周囲を見回した。この作業を怠ると、こちらを本物の強盗と間違って警察に通報する者が出てこないともかぎらない。

『寺島式』が優れた捜査法だとの信念に揺るぎはないが、こうした余計な心配をしなければならない点については改良の余地がありそうだ。

「喋るな」。「レジ」。「開けろ」。カウンターに歩み寄り、内村に向かって口にした言葉も一昨日と同じだった。

内村が伝票の余白にボールペンを走らせて書いた文字も、その達筆ぶりも、四十八時間前と変わらない。

ただ、自分の発した声が、耳の中でやけにくぐもって聞こえているところが少し違っている。そしてもう一点、決定的に異なっているのは電話の音だった。

いま太田が事務室の電話を鳴らしているはずだが、その音がまるで耳に届かないのだ。聞こえない。

太田を薬局へやって買ってこさせた耳栓は、それほどしっかりと耳の穴を塞いでいる。あたかも海の底にでもいるような気分だ。ともすれば、拳銃の射撃練習時に使用するイヤープロテクターよりも遮音性が高いのではないか。

その耳栓をした状態で、寺島は内村の書いた文字を見た。

そして実感した。なるほど、電話のコール音が聞こえなければ、【でていいか】と問われたところで、それがどういう意味なのか理解できるはずがない、と。

強いていえば、外に出ていいか、という意味には解釈できるだろう。だが、内村が指をさしている事務室のドアは、出入り口とは正反対の方向にある。だから【でていいか】の意味は、やはり理解できないのだ。

ならば、このメモを見てしばし考え込んでしまったとしても、それは十分に頷けることではないか。

事務室から出てきた太田が口を動かしている。寺島は耳栓を外した。

「どうっスか。『寺島式』による感触は」

寺島は耳栓を軽く放り上げてから、ぎゅっと摑んでみせた。

「決まりだな」

間違いない。犯人は耳が聞こえなかったのだ。

これで捜査の目途が立ってきた。昨日のうちに、若い男の聾者《ろうしゃ》をリストアップする作業を済ませている。いまからそのリストを、一行一行潰していけばいい。

内村の知り合い――この線は十中八九見当違いで、時間と労力を損してしまったが、それでもかなり早めに軌道修正ができた方だ。筋の読み違いなら、まだまだ酷《ひど》い失敗例がいくらでもある。

と、そこで今日も携帯が震えた。そして、かけてきた相手も一昨日と同じだった。

《またコンビニか》

ただ、佐伯の言葉遣いだけは、いつもと違っていた。
「はい」
《だったら、レジの横に今日の朝刊があるな。見てみろ》
内村にひとこと断り、スタンドから地元紙を抜き取った。
開いて、寺島は息を止めた。【やはりあった裏金　鎌込署員が告発】の見出しは、実際の倍ほどにも大きく見えた。
末原がうたった。封筒を預けていた記者に連絡を取ったのだ。
だが、馬鹿な。「犬を飼う」。一昨日、たしかに末原はそう答えたはずだ。
こめかみを流れた汗に、携帯が濡《ぬ》れた。
《どういうことだ。話が違うぞ。説明しろっ》
「……わたしにも分かりません」
《ふざけるな。おまえがどうにかするんだ。いまからすぐに末原の家へ行け。そして告発を撤回させせろ。これはみな嘘だと言わせろ》
佐伯の声が上擦るのを聞いたのは初めてだった。
《何を黙っている。とにかく、まずは末原の家へ行け。ケチなコンビニ強盗なんぞ後回しでいい》
「……無理です」

《なに》

「もう遅すぎます。どうにもなりませんよ」

《おまえ――》

「わたしの仕事は、そのケチな強盗を捕まえることです。署の体面はあんたが考えればいい」

こちらから先に電話を切ったとき、胸がすっとした。その反面、ショックも受けている。本部入りの夢がほぼ消えたからではない。末原に嘘をつかれたからだ。

「あの……」

珍しくやけに申し訳なさそうな太田の声に、背後を振り返った。

「なんだ」

興奮と落胆のどちらをも押し隠したつもりだったが、声は見事に裏返ってしまった。

「犯人は、本当に耳が聞こえなかったんでしょうか」

「……どういう意味だ」

「いえ、たったいま気づいたんスけど、もし聾者だったら、発音に特徴があったはずでは、と思ったんですが……」

なるほど、言われてみればそうかもしれない。聾者の発音は、健常者のそれとは違っていることが多い。

寺島は内村に向き直った。

「店長、もう一回だけ訊きます。犯人が言った『喋るな』、『レジ』、『開けろ』の三つですが、発音に関して気になった点はありませんでしたか」

「いいえ、何も。まったく普通でしたよ」

もちろん聾者の発音にもいろいろあるから一概には言えない。だが内村の証言に従って普通に考えれば、やはり犯人の耳は聞こえていたと見た方が自然だろう。

振り出しに戻った。

だったら、いったい何なんだ？　メモを六秒間も見なければならなかった理由は。

そして、なぜ末原はおれに嘘をついた？

二つの疑問が脳裏で絡み合ったとき、重い疲れがどっと体に押し寄せてきた。まともに立っていられなくなり、寺島はたまらずカウンターに手をついていた。

5

「今朝の新聞を見たよ。よくやってくれた。あれでよかったんだと思う。——ありがとう」

末原の耳元に囁《ささや》いてから、寺島は顔を上げた。

窓から外を見やると、まだどうにか太陽は覗いている。だが、西の空はすでに暗い色の雲で厚く覆われていた。

今朝の記事では、末原の名はまだ匿名だった。しかし、地元紙以外のマスコミが、告発者を嗅ぎつけるのは時間の問題だ。間もなくこの家の近辺は記者連中でごった返すだろう。

それに、あと三十分もすれば一雨きそうだ。早く決着をつけておいた方がいい。

末原は瞳を目一杯右側に寄せ、こちらを見ている。

彼にあまり負担をかけるわけにはいかない。寺島はベッドに近づき、中腰の姿勢で続けた。

「ところで末原、いまからいくつか質問をする。忘れたなら忘れたでいいが、覚えているなら、絶対にちゃんと答えを言ってほしい。約束できるか？」

――イエス。

満知子が文字盤の隅に書かれた「ＹＥＳ」の文字をそのまま読み上げた。

その満知子の顔は少し上気しているようだ。末原から頼まれて地元紙の記者と連絡を取ったのは、おそらく彼女だろう。町を揺るがす大事件に自分も一役買ったとあれば、たしかに落ち着いてはいられない。

「じゃ、質問するぞ」

そう末原に向かって言ったあと、寺島は、満知子からやんわりと文字盤を取り上げた。

「すみません、奥さん。今日も順也くんを呼んでいただけませんか」

「はあ。でも」

「大丈夫です。わたしが来ていることを伝えていただければ、また必ず下りてきますから」

椅子から立ち上がる前に、満知子はほんのわずか眉根を寄せた。どうしてそう断言できるのかと訝《いぶか》っているのだ。

ほどなくして順也が二階から下りてきた。階段の上り口に立ったままの満知子は、あっけにとられた顔で、居間に入っていく息子の背中を見送っている。

挨拶もそこそこに、寺島は順也に文字盤を手渡した。

「悪いけど、通訳をお願いするよ。――で、末原。おまえ、鎌込署の前はどこにいたんだっけ？」

――な、か、が、み、し、よ。

父親の前に文字盤をかざした順也が答えた。

「そう。中上署だったよな。じゃあ、そのとき何課だった？」

――……け、い、む、か。

「もう一つ訊くぞ。おれたちの合言葉に出てくる動物は何だっけ？」

順也の口から答えは出てこない。

「どうした？」

――……わ、す、れ、た。

「そうか。――よし、もういいよ。末原、ありがとう」

寺島は立ち上がり、満知子と順也を交互に見ながら言った。

「まだ日が照ってますので、少し末原に日光浴をさせてやったらどうでしょうか。わたしが散歩に連れて行きます。――なに、その辺をちょっと回るだけですよ。雨が降ってくる前に帰ってきますから」

言うそばから寺島は、末原の体の下に手を差し込んでいた。

抱え上げてみて、その軽さに驚いた。長く昏睡していると、これほどまでに筋肉が落ちてしまうものか。

順也に手伝ってもらい、末原を介助用の電動車椅子に乗せ、居間を後にした。末原の体調が急変することもあるかもしれない。念のため、満知子に後ろからついてきてもらう。

外に出て、近所の小さな公園まで来ると、寺島は満知子をベンチに座らせ、しばらく末原と二人だけにさせてください、と願い出た。

そこからもう少し先まで車椅子を進ませ、砂場の近くで停止させた。ここなら満知子に声を聞かれる心配はないだろう。

「末原、もう一度、さっきと同じ約束をしてくれないか。いまから質問することに、嘘はつかないって」

顔の前に文字盤をかざすと、末原の目が「YES」に向いた。

「じゃ、また訊くけど、鎌込署の前はどこにいたんだっけ」

――な、か、が、み、し、よ。

「だったら、そのとき何課だった?」

――せ、い、あ、ん。

そのとおりだ。中上署時代、末原はずっと生活安全課に所属していた。警務課にいたことは一度もない。

「おれたちの合言葉に出てくる動物は何だっけ?」

――い、ぬ。

やはりか。

今朝、頭の中で渦を巻いた二つの疑問。その二つが合わさって、思いがけなく一つの答えが見えてきたときには、まさかと思ったものだ。しかし、いまの実験ではっきりした。見えた答えに間違いはない。

「戻ろう。満知子さんが待ってる」

寺島は車椅子の後ろに回り込んだ。ハンドルに片手を添えながら、もう片方の手で携帯電話を取り出し、あらかじめ打っておいたメールを呼び出す。

【末原宅を張れ】

その文面を太田宛てに送信した。できればしたくはなかったが、どうしても必要な措置だった。コンビニ強盗の犯人が逃亡するおそれは皆無とは言えない。

ベンチで待つ満知子が、こちらへ小さく手を振っている。その様子を見るにつけ、事故が奪ったものの大きさが改めて思い起こされた。

あの悲劇は、父親のみならず、その息子からも大切なものを奪っていったのだ。

ベンチが近づいてきた。満知子に聞こえないよう、寺島は囁き声で言った。

「悪かったよ。てっきり、おまえが嘘をついたとばかり思ってた」

末原ではなかった。嘘をついたのは順也だ。いや、嘘という言葉は正確ではないだろう。

――い、ぬ、は、か、わ、な、い。

末原はあのときそう答えたに違いない。しかし順也は、ある理由から、その答えを正確に通訳することができなかった。そこでしかたなく、咄嗟《とっさ》に思いついた、いい加減な返事を口にしたのだ。

「何か言いたそうにしてます」

ベンチまで戻ってくると、満知子は末原の顔を見ただけでそう言った。長く夫婦をやっていると、言葉は要らなくなるものか。

文字盤越しに聞いた末原の言葉は長かった。

――こ、ん、び、に、ご、う、と、う、の、は、ん、に、ん、が、わ、か、つ、た。

やはり末原も、あの六秒間の意味を解き明かしていたようだ。あの意味が分かれば、自分の言葉をでたらめに通訳した順也を、犯人ではないかと想定してみることは、それほど難しくはない。

「それは、もうこっちも摑んでるよ」

――お、れ、に、い、わ、せ、て、く、れ。

末原の気持ちはよく分かった。筋を通そうとしているのだ。たしかに、組織の不正を告発した以上、息子の犯行だけを黙っているわけにはいかないだろう。

じ、ゆ、ん、や、だ、の順に動いていく末原の目を追いながら、寺島は、これを満知子にどう伝えればいいだろうかと考えた。

6

《悪いけど、もう一回だけ確認させてもらおうかな。勘弁してくれよな、順也くん。こ

ういう書類にはね、絶対に間違いがあっちゃいけないから、何回も同じことを訊くんだよ。もう疲れたかい？》
《……大丈夫です》
《よし、じゃあ最初からだ。――あの事故に遭って、きみは、いまの〝状態〟に置かれてしまった、と。ここまではいいね》
《はい》
《きみの〝状態〟には、ご両親も気づいていたのかな？》
《まだ……だと思います》
《自分から正直に打ち明けようとは思わなかった？》
《ちょっとは……思いましたが……やっぱり……できませんでした》
《だから事故以来、ずっと部屋に引き籠もっていた、と》
《ええ》
《部屋では何をしていたの？　さっきの答えだと、周囲にバレてしまう前に、自分でいまの〝状態〟を治そうと、いろいろ試していたそうだけど、これに間違いないかい》
《はい》
太田の質問に答えたあと、順也は、隣室にいるこちらへ顔を向けた。何かを探るような目つきだった。いま自分を映している鏡がマジックミラーになっていることを知っているのかもしれない。

それとも単に、まだ落ち着きを取り戻せないでいるだけだろうか。昨晩逮捕されたばかりとあっては、たしかに動揺するなという方が無理だろう。

と、ノックの音もなく左側の扉が開いた。

「順調にいってるようだな」

廊下からの逆光で、入ってきた人物の顔がすぐには分からなかったが、その声から永瀬だと知れた。

永瀬は粒状の禁煙ガムを口に放り込み、一個を差し出してきた。寺島はそれを断り、席を立ちながら訊いた。

「課長の方は、どうだったんですか」

一つしかない椅子に腰を下ろした永瀬は、だるそうに首を回した。

「どうもこうも。マル被の気持ちがよく分かったよ」

記事が出た昨日、午後からさっそく県の監査が入り、署内からいくつもの段ボール箱が運び出された。今朝からは、課長以上の幹部が事情聴取を受けている。

「あいつら、痛くもない腹を探ってきやがった。身内だってのによ」

くちゃくちゃと顎を動かしながら、永瀬は机の上に足を放り出した。

どうやら捜査報償費の支出について、だいぶ突っ込まれたようだ。それもしかたがないだろう。裏金がどんな名目で作られるかと言えば、情報提供者への謝礼金という例が圧倒的に多いのだから。
「寺島、もうしばらくしたら、おまえも呼ばれるはずだ。知っていることは全部正直に答えてこいよ」
言ったあと、永瀬は自分の耳を指さした。
歳《とし》のせいか、このごろ難聴気味でな。先日耳にした彼のぼやきを思い出しながら、寺島はスピーカーのボリュームに手を伸ばした。つまみを右に回すと、息継ぎの音が混じるほど、太田の声が大きくなった。
《しかし、そう簡単には治らなくて、気持ちが追い詰められていった、と。同時に、父親にも憎悪を募らせていった。——そうだね》
《……はい》
《なるほど。事故の過失責任はトラックの側にあった。だけど、きみを無理に車に乗せたのはお父さんだからね。お父さんも大きな後遺障害を負ってしまったが、それでも許せなかった。うん、その気持ちは分からないでもないよ》
《…………》
《だからお父さんが一番恐れること、つまり人の道を外れることを何かやってやろうという気になった。要するに、今回の強盗はお父さんへの復讐《ふくしゅう》だったんだね》

《……そうです》

《だけどお父さんには、自分が犯人だと知らせるつもりはなかった。要するにあれは、自分だけの密かな復讐だった》

《はい》

《ところがいざ実行してみると、想定していなかったハプニングが起きた。コンビニの店長がメモを書いたことだ。あれできみはすっかり動揺してしまった》

《ええ》

《その様子が防犯カメラに記録され、全国に流れた。ならば、犯人がどういう〝状態〟にあるのか、いずれは誰かが気づいてしまう》

《はい》

《だから寺島刑事が——つまり警察が、きみの家に来たとき、これはいい機会だと考え、敢《あ》えて二階から下りてきて、文字盤を使ってみせた。そうすれば、警察の目を、きみの〝状態〟から逸《そ》らせておけるだろうと思って》

《ええ》

《だけどそうしたせいで、お父さんには、きみがどういう〝状態〟にあるか、バレてしまったわけだ。それでもよかったの？》

《しかたありませんでした》

《背に腹はかえられないってわけだね。恐ろしいのは寝たきりの個人じゃなく、捜査力を持っている組織の方だ、と判断した》
《ええ》
《なるほど。よく分かった》
そのとき、寺島の耳にノックの音が届いた。再び左手のドアが開き、
「失礼します」
顔を見せたのは、警務課の若い署員だった。
「主任、県の監察がお呼びです。二階の会議室まで来ていただけますか」
寺島は机の端に置いておいた上着を摑んだ。
「あ、寺島、おまえはもうこのヤマから外れていい。明日からしばらく教育係だ。学校から一人、ひよこが研修に来る。ま、面倒みてやってくれ」
永瀬の言葉に頷きながら、最後にもう一度マジックミラーを見やったときだった。ずっと俯《うつむ》いていた順也がふいに顔を上げ、立ち上がった。
《順也くん、座れ》
太田の声を無視し、鏡の方へ寄ってくる。永瀬が少し身を引いた。
順也の顔には薄い笑みが張り付いていた。視線が合ったとき、寺島も思わず半歩下がっていた。

太田も椅子から腰を浮かした。
《順也くん、座れって言っ——》
《刑事さん》
太田に向かって言ったようだが、順也の目は、こちらを向いたままだった。
《考えてみると、ぼくのやったことって、ちょっと、行き当たりばったりって感じですよね》
順也に向かって歩み寄ろうとしていた太田が、そこで足を止めた。
《思いませんか？　寺島さんが家に来たとき、余計な動きなんかしないで、じっと引き籠もっていた方がよかったんじゃないのって。そしたら、いまでも犯人だってことがバレなかったかもしれないよって》
寺島は唾を飲み込んだ。
《だから思うんですよ。もしかしたら、ぼく、本当は、父に知らせたかったんじゃないかな。犯人はおれだぞ、って。その方が、もっと父を苦しめられますから》

7

「もう一度確認させてください。被害者の叫び声が、隣に住むあなたに聞こえたのは

――」寺島は手帳をめくった。「午後八時二十分ごろ、と。これで間違いないですね」

「はいはい。そりゃもうね、烏《からす》が三羽ぐらいまとめて首を絞められたみたいな、凄《すご》い悲鳴でしたよ」

目撃者の主婦は大袈裟《おおげさ》に体を震わせながら、先ほどと同じ表現を使って証言を繰り返した。

町の中心部から十キロほど離れた山間部に来ていた。ここで、八十三歳の女が七十九歳の男を刃物で切りつけたのは昨日の夜だ。

どうやら、土地の境界線をめぐる話し合いがこじれたらしい。十五年ばかり刑事をしているが、高齢者同士の傷害事件というのは、実はあまり経験していないケースだった。

主婦をその場に残し、寺島は、乗ってきた覆面パトカーに歩み寄った。後部のトランクを開け、積んであった段ボールの箱に手を入れる。

箱の中には、肘や膝を固定するサポーター、鉛の錘《おもり》が入ったベスト、そして、わざとレンズを曇らせてある眼鏡などが入れてある。この中から、まずベストを選び、手に取った。

「主任。何ですか、それ」

横から坊主頭の松尾《まつお》が覗いてきた。彼の目は、普段の倍ほどに見開かれている。警察学校から通勤しているこの新米は、なかなか好奇心が強そうだ。

「これか。高齢者擬似体験セットってやつだよ。聞いたことがあるだろ?」

「はい」

「捜査にあたってはだな、まず、当事者の証言に矛盾がないかどうか、徹底的に検証する必要がある。そんなときは、事件の犯人や被害者に扮《ふん》してみると、いろんなことが分かるんだよ。これがいわゆる――」

「いわゆる『寺島式捜査法』というものですね。存じております」

この新米、耳も早いようだな、などと思いながらベストに腕を通していると、携帯電話が鳴った。太田からだった。

《順也くんの供述調書ができましたが、この後どうします?》

寺島は少し苛《いら》ついた。なぜそんな分かりきったことでいちいち連絡してくるのか。

「どうしますって、決まってるだろう。本人に読ませてから署名させ――」

そこで言葉を呑《の》み込んだ。違う。何をうっかりしているのか。順也の場合はそれができないのだ。

「……太田」

《はい》

「おまえが読み聞かせてやってくれないか。その後で署名と拇印《ぼいん》をもらえばいい。念のため、やりとりはすべて録画しておくんだ」

課長からも了解をとってな——そう付け加えて電話を切ると、寺島は松尾の方を向いた。

「一つ訊いていいか」

「ええ、どうぞ」

「おまえならどうする。もしも……」

「もしも、何でしょうか」

「もしも、急に字が読めなくなったら」

「字が、ですか。さあ、ちょっと考えたことないですね。実際にあるんですか、そんなことが」

「ああ。いわゆる失読っていう状態だよ。脳の中に『39野』とか『40野』とか呼ばれる部位があってな、そこに事故や病気なんかで大きなダメージを受けたりすると、そういう症状が起きるらしい。場合によっては平仮名すら読めなくなるようだ」

一昨日の晩、順也を逮捕した直後に、署にあった医学書をめくってみた。いま口にしたのはその受け売りだった。

「一人知ってるよ。実際にそういう目に遭った人を」

「お気の毒です。その方、とても苦労なさっているんでしょうね」

「ああ、つらいだろうな。その人は、本を投げ捨てないではいられなかった。しかもカッターでずたずたに切り裂いてからな」

言ったあと、寺島はベストを着る手を止めた。ふと疑問に思う。

『寺島式』？　それがどれほどのものなのか。

例えば順也のケースだ。防犯カメラの映像を何度も見て、目出し帽まで被り、そのとおり演じてみたところで、犯人になり切ったと言えるのか。

思いがけなく目の前で文字を書かれてしまったときの狼狽《ろうばい》や、それを六秒間も見つめ、なんとか意味を理解しようとしたときの焦りを、本当に理解できるのか。

――その方が、もっと父を苦しめられますから。

そう言ったあと、ふいに顔を歪《ゆが》ませ、取調室の床で泣き崩れた彼の気持ちを、どこまで実感できるのか……。

寺島は着かけていたベストを脱いだ。

「あれ、見せてくださらないんですか、『寺島式』を」

「おまえがやってみたらどうだ」

「いいんですか。――了解っ」

めったにない体験ができそうだとばかりに、嬉々《きき》としてベストを受け取った松尾に背を向けると、寺島は背広に手を入れ、煙草のありかを探った。

苦いカクテル

1

耳がカチリと微《かす》かな音を聞きつけた。

目蓋を開き、すかさず枕元に手を伸ばす。

アラームの電子音が鳴る寸前に、目覚まし時計のストップボタンを押した。返す手で、自分の体を覆っていた布団を剝ぐ。

午前六時半——。

城所美登里《きどころみどり》は上半身を起こし、ベッドサイドに用意していたガムテープで鼻と口を塞いだ。

呼吸が苦しくなると、眠気でぼんやり霞《かす》んでいた視界がようやくクリアになってきた。

最近は、このぐらいの荒療治を施さなければ、二度寝の誘惑に打ち勝つことは難しい。

ガムテープを剝がしながら、足を引《ひ》き摺《ず》るようにして父の部屋へ向かう。介護疲れで、体の節々が小さな悲鳴を上げていた。これはいつものことだ。

庄治《しょうじ》は起きていた。充血した眼球をこちらへ向けてくる。

「おはよう、父さん」

――おはよう。

庄治の声は自分が心の中で代弁した。三年前に脳梗塞で倒れ、右腕以外の機能を失った父。その口から挨拶が返ってくることはない。

「失礼しますね」

庄治の布団に手を入れた。下腹部に取り付けられた管を伝い、蓄尿袋《ふんにようぶくろ》を探り当てる。去年から甲状腺癌《こうじようせんがん》も患うようになったため、現在の父は自力で排尿することができない。

袋を取り外し、いったん外に出た。

中身をトイレに捨ててから部屋に戻る。

頬の色を見て健康状態を調べたあと、濡れタオルで顔を拭いてやった。残り少ない白い頭髪にはゆっくりと櫛《くし》を通していく。

それらの作業を終えてから、美登里はメモ帳と鉛筆を手にした。

「何か欲しいものがありますか」

訊ねて、父の口元を注視する。ひび割れた唇が、どんな形に動くのかを見極めなければならない。

――い、う。

唇の形から推察された母音はそうだった。「水」と言っている。

ベッドサイドテーブルを庄治の方へ寄せてやった。介助してやるのはそこまでだ。テーブルの上には水差しとコップがある。水差しから中身をコップに注ぎ、それを口へ運ぶ作業は、リハビリを兼ね、まだ動く彼自身の右腕でやってもらう。

固形物を口にしようとすれば、ぼろぼろとこぼしてしまう庄治だが、液体ならうまく嚥下《えんげ》できる。用意していたキッチンペーパーは今回も使わずに済んだ。

「何かしたいことがありますか」

――あ、う、あ、う。

美登里は戸棚を開けた。下の段から取り出したのは家族のアルバムだった。二か月に一度ぐらいの割合で、父はこれを目にしたがる。

右腕一本でたどたどしくアルバムをめくりながら、庄治はときおりぎゅっと目をつぶった。思い出にひたっているのではない。病気の苦しさに耐えているのだ。

美登里は立ち上がり、もう一度戸棚の前に立った。

軽く背伸びをし、一番上の段を覗き込む。目は、その奥にしまっておいたLN錠を探していた。甲状腺ホルモン剤だ。父に必要な薬だったが、高血圧も患うようになってからは医師に服用を止められていた。

この薬の成分であるトリエキシベロンナトリウムには、血圧を上げるという副作用がある。だから高血圧症の患者が服用すれば、ショック死する危険があるのだ。

このLN錠一錠に含まれるトリエキシベロンナトリウムの量は二十マイクログラム。

——二錠あれば楽にしてあげられる……。

美登里は薬の袋を、庄治の手が届くベッドサイドテーブルの上に置いた。

2

午前十時前になり、玄関口で音がした。ホームヘルパーの尾野塚小枝《おのづかさえ》が来たようだ。

廊下の床材を踏みしめる足音が近づいてきた。この時間、庄治は眠っていることが多い。チャイムは鳴らさなくてもいい、挨拶も要らない、黙って上がってくるように。そう小枝にはお願いしてある。

開けたままにしていたドアから、小枝がそっと顔を覗かせた。

——お、あ、お、う、お、あ、い、あ、う。

彼女も口の動きだけで挨拶をしてくる。

「おはよう」

こちらが声に出して返事をすると、小枝は庄治の方へ視線をやった。

「起きていらっしゃいますか」

「ええ」

今日の小枝は紙製の大きな手提げ袋を持っていた。

「これ、どうでしょうか。この前、海に行ったので描いてみたんですけど」

小枝が手提げ袋から出して見せたのは絵画だった。三十センチ四方ほどもあるか。額縁のサイズで言えば四号ぐらいの絵だった。

小さな漁港の風景が、不安定な構図で描かれている。

「いいわね。素敵だよ」

「じゃあ、ここ、使わせていただきますね」

戸棚の天板にソーラー充電式のラジオが置いてある。その横に絵を立てかけるようにして掲げたあと、小枝はベッドサイドにやってきた。

「庄治さん、わたしの描いた絵、どうですか」

訊ねてから、庄治の顔を上から覗き込むようにした。そうして唇を読もうとし、だが、すぐに諦めて首を横に振った。

「褒めてるよ、とっても」

嘘をついてやると、小枝はほっと息をついて胸元に手を当てた。

「ところで城所さん、ちゃんと寝てます？」

「いいえ。最近は眠りが浅くてね。ほら、安い目覚まし時計だと、アラームが鳴るコンマ何秒か前に、歯車が嚙《か》み合う音がするでしょう」

「しますね。カチッと」

「あの音で起きちゃうの」

「だったら、布団に入る前にホットミルクを飲んでください。安眠には一番ですから」

「試してみる」

そのとき、左腕にはめたデジタル時計が午前十時のアラームを鳴らした。

美登里は立ち上がり、戸棚の上に置いたラジオのスイッチを入れた。

《ウェザーサポート社がお送りする気象情報の時間です。はじめに全国の天気概況をお伝えします。今日は――》

「欠かさずお聴きになるんですね、その番組」

「そうなの」

《関東地方北部は、北のち北東の風、晴れときどき曇りでしょう。海上には波浪注意報が出ています。船舶はご注意ください》

「だって、このアナウンサーの声、渋くていいでしょ。わたし好み」

つい軽口を叩いてしまったのは、雲間から束《つか》の間《ま》日が差したせいだろうか。鬱々とした日々が続くと、たったこれだけのことが嬉《うれ》しい。

「またご冗談を。本当は、これが医学気象予報だからですよね」

《気圧の谷が西から東へ移動します。急性の心臓・循環器系の障害が生じる可能性が高くなりますのでご注意ください》

小枝が見破ったとおりだった。この番組は、当日の天気が人体に与える影響を詳しく解説してくれる。父へのケアをより行き届いたものにするには欠かせない情報だ。

こうしたバイオウェザー予報が聴けるのは、自分の知るかぎり、午前十時から五分間にわたって放送されるこの番組だけだった。

「お忙しいときは、録音しておきましょうか。わたし、自分のスマホでラジオを聴けるようにしているんです。番組を簡単に保存しておけますから、遠慮なく言ってください」

「ありがと」

予報によれば、今晩は晴れ。気圧が高くなるから、血管が収縮しがちとのことだった。ならば夕食は普段よりやや塩分を控えめにしてやった方がいいかもしれない……。

そんなことを考えながらラジオを切ると、待ち構えていたように、

「美味《おい》しそうですね、これ」

小枝がまた声をかけてきた。彼女の視線はベッドサイドテーブルへ向いている。その上には先ほどのアルバムが開いたままの形で置いてあった。

「あ、すみません。勝手に見ちゃって」

「いいのよ。――美味しそうって、何が」

小枝の隣に立ち、アルバムに目を落とした。小枝の人差し指は、一枚のL判写真を示していた。

そこには二人の人物が写っていた。向かって左側に自分、右側には妹の詩緒里《しおり》だ。二人とも手にはカクテルグラスを持っている。「美味しそう」とは、これのことらしい。

庄治がまだ元気なころ、ほんの気まぐれからカルチャースクールに通ってみたことがある。カクテル作りの教室だった。そこで詩緒里と再会したのは、まったくの偶然だった。

「こちらは妹さんですよね。すぐ分かりました。唇の形がそっくりですから」

兄が所轄署の刑事課に勤務しているという小枝は、自身もときどき鋭い観察力を発揮する。

「お二人は、よくお会いになるんですか」

「たまにはね」

かつて国立大学の法学部で優秀な成績を収めていた詩緒里は、父の猛反対を押し切り、同じ大学に通う男子学生と結婚した。以来、二十五年ものあいだ、この実家に顔を見せたことは一度としてない。彼女と会う場所は、いつもどこかのバーだ。

実は三日後に顔を合わせる約束をしているのだが、わざわざ小枝に伝える必要はないだろう。弁護士稼業に疲れた詩緒里が、翻訳家に転身しようとしていることも、その前に一年ぐらい無職のままのんびりする計画でいることも、いまは黙っておこう。世間話ばかりが長くなっては困る……。

アルバムをしまい、家事に取り掛かった。そうして忙しく立ち働いていると、もう正午になっていた。小枝が帰る時間だ。

「では庄治さん。今日はこれで失礼します」

小枝が声をかけると、庄治は唇をゆっくりと動かした。

それを凝視したあと、小枝はううんと唸《うな》り、力なく首を振った。

「やっぱり、わたしにはまだ母音しか分かりませんね。『あ、あ、あ』って、どういう意味でしょうか」

「いまのはおそらく、マ行、タ行、ナ行だよ」

「そうですか。でも、濁音が入っていませんでした？」

「それは気のせい」

「でしたら、『ま、た、な』ですね。――『また来いよ』って言ってもらえたのかな」

「そういうこと。ごめんなさいね、口調が乱暴で。父は昔からそうなの」

「気にしません。じゃあ、これで失礼します」

玄関口で小枝を見送ったあと、庄治の唇の動きを思い返してみた。

また嘘をついてしまい、申し訳なく思う。マ行、タ行、ナ行ではなかった。小枝が見抜いたように、本当は濁音が入っていた。正しくは、ジャ行、マ行、ダ行だ。

3

オレンジジュースを百二十。ミルクを六十。そしてラズベリーシロップを二十。

どれも単位はミリリットルだ。順番にメジャーカップで量り、シェイカーへと放り込む。

『エトランゼ』という店名こそバーとしては平凡な部類に入ると思う。だが、客が自分でカクテルを作ることができる店は、ここ以外に聞いたことがない。

予約したのは二人用の個室だった。一辺四メートルほどの狭い室内には、小さなテーブルと椅子が二脚置いてある。一方の壁には各種の酒とカクテルシロップがずらりと並んでいた。作業をするためのカウンターが設けられているが、これも家庭用アイロン台ぐらいの大きさしかない。

シェイカーを振り、中身をグラスに注いだ。スライスしておいたオレンジに切り込みを入れ、グラスの縁にデコレートする。

その作業を終えると同時にドアが開いた。約束の時間より三分遅れている。

詩緒里と会うのは七年ぶりだった。それなりに歳をとったせいか、前回見たときよりも幾分やつれて見えた。

「姉さん、お疲れ」

囁くような早口の労《ねぎら》いは、父の介護に対してのものだろう。

席についた詩緒里に、作ったカクテルを差し出した。

「ありがと。父さんの具合は」

「下り坂」

「ごめんね。全部任せちゃって」

「あの人の世話は本当に大変。毎日がこれよ」

いま作って詩緒里に供してやったのは、コンクラーベという名のカクテルだった。

詩緒里はくすりとも笑わなかったが、それは洒落《しゃれ》のつまらなさのせいではなく、父の姿を思い浮かべたからに違いなかった。現在の庄治がどんな具合かは、ときどき写真を添付したメールで知らせてある。

「でも、介護保険を利用しているんでしょ」

「ええ。いまは社会福祉協議会からヘルパーを派遣してもらっている。だけど、父さんが嫌がっちゃってね」

——邪魔だ。

自分がどんな心無い言葉を投げつけられたか、小枝もいずれ気づいてしまうだろう。その前に彼女には辞めてもらった方がいい。

庄治は耐えられないのだ。老いて病に蝕《むしば》まれた姿を他人に見られる惨めさに。彼の介護が務まるのは、血の繫《つな》がった身内だけだ。

「それで例の話だけど、どうかな。考えてくれた？」

父の気持ちを慮《おもんぱか》れば心苦しいし、このままでは小枝が可哀想《かわいそう》でもある。だから、できれば小枝に代わって介護を手伝ってもらえないか。そう詩緒里に打診してから二週間ほどになる。

「父さんと和解するチャンスにもなるんじゃないかな」

「ごめん。まだ迷っている」

目の高さに掲げたグラスに向かって、詩緒里は小さく溜《た》め息《いき》をついた。

「姉さんの言うとおり介護は根比べだから、生半可な気持ちではできないもの……。もしやるんだったら、特攻機にでも乗る気持ちでいかなきゃね」

詩緒里は空いている方の手を使い、戦闘機が急降下していくさまを表現してみせた。

「無理にとは言わないよ。四十六歳、独身、会計事務所勤務、現在は介護のための長期休暇を特別にもらっている。そんな女が一人いれば、なんとかなるからね、あの家は」

今度はふっと笑い、詩緒里は壁に掲げられた絵に顔を向けた。水辺を背景に一輪の花が描かれている。

「あの花、何ていうのかな」

沈黙を嫌い、無理やり話題を見つけた。そんな口調で訊いてくる。

「彼岸花だよ」

「よく知っているね。わたしは花の名前なんかさっぱり」

「わたしもそうだったけど、ヘルパーさんがいろいろ持ってきてくれるから、すっかり詳しくなってね」

彼岸花の花言葉には、たしか「再会」があったはずだから、この場にふさわしい絵と言えるかもしれない。

喉が渇いていたらしい。詩緒里は三回ばかり口をつけただけで中身をすべて飲み干し、グラスを置いた。そして、

「じゃあ、次はわたしが作る番ね」

腕時計を外し、ヘアバンドをすると、何かを決意したように勢いよく立ち上がった。

妹と入れ替わるかたちで、美登里はカウンターから出て椅子に座った。

「姉さん、アルコール有りと無し、どっちがいい」

「わざわざ訊く？」

「だって、帰ったら大丈夫なの？　父さんをほったらかして寝ちゃったら、飲ませたこ

っちの責任になるじゃない」

指でOKサインを作った。庄治なら今日はショートステイで介護施設に泊まりだ。

「そういえばさ、詩緒里。前に二人で話したことがあったよね」

「どんなことだっけ」

「そのうち二人で究極のカクテルを作ろうよ、って」

「そうだったね。いつになることやら」

言葉を交わしながら詩緒里は、ウォッカとホワイトキュラソー、そしてライムジュースをシェイクし、二つのロックグラスに注《つ》いでいった。バースプーンでステアし、氷と氷の隙間にスライスしたライムを沈める手つきは不慣れだ。仕事が忙しかったらしい。ここ数年は趣味に興じている余裕はなかったのだろう。

「お待ちどおさま」

一口飲んでみた。ホワイトキュラソーは、オレンジの香りのするやや甘い酒だ。そこにライムジュースの苦さがうまくマッチしている。

カクテル教室で一度、同じものを作った記憶があるが、名前が思い出せない。

「これ、何ていうんだっけ」

訊ねると詩緒里は、戦闘機が急角度で高度を落としていくジェスチャーをもう一度してみせた。

「これはね、カミカゼ」

4

誰が買い物に行き、誰が父の付き添いをするか。意見が分かれたのは、詩緒里との介護生活が三週間目に入った日の朝だった。

「ジャンケンしよう」詩緒里は腕をまくった。「負けた方が買い物に、勝った方が付き添いをする。どう？　それでいいでしょ」

渋々ながら頷いた。できればジャンケンなどしたくなかった。どういうわけか、いつも詩緒里に負けるからだ。

詩緒里は、両手を組み合わせて捻《ひね》るような形にし、手と手のあいだにできた穴の中を覗き込んだ。そんな仕草には何の意味もないと分かっていながら、ついこちらも真似《まね》をしてみる。

生気を失い濁った眼球。硬直した唇。痩せた歯茎。衰弱して枯れた腕……。

両手の中に見えたのは、先ほど部屋で目にした父の姿だった。

――い、あ、え、え、う、え。

詩緒里と一緒に爪を切ってやっている最中、彼は、そんなふうに唇を動かした。

「何て言ったか、分かった？」

詩緒里に問われ、分からなかったと嘘を言った。

——い、あ、え、え、う、え。

もう一度繰り返した父の目には、うっすらと涙が滲《にじ》んでいた。

グー同士であいこになり、チョキ同士で再びあいこになったあと、こちらがグーを出し、詩緒里がパーを出した。

もう一度庄治の部屋に行き、眠っている父に向かって、そっと小声で外出する旨の挨拶などをしてから、自家用車のハンドルを握った。

向かった先は二十四時間営業のスーパーだ。店内では、ちょうど品出しが行われているところだった。売り場の通路は、ところどころが大型の台車に塞がれている。カートの利用客にとっては迷惑このうえない。

「お久しぶりです」

野菜コーナーへ向かう途中、背後から声をかけられた。振り返ると、立っていたのは小枝だった。

「今日は何を買いにいらしたんですか」

「食材だよ。もう冷蔵庫が空っぽでね」

「庄治さんの具合は、その後いかがです？」

容態はよくなかった。ありのままを伝えると、小枝は草が萎れるように元気なく俯いた。

「あの……わたし、何か粗相をしてしまったんでしょうか」

詩緒里に来てもらうことが決まると、すぐに社会福祉協議会に連絡を入れた。いまはいったんヘルパーの派遣を止めてもらっているところだった。

「そんなことないよ。ヘルパーさんを断ったのは、妹が手伝ってくれることになったからなの」

このとき腕時計のアラームが午前十時を告げた。小枝に目を向けたまま、指先でボタンを探り当て、止める。

「父が少しでも元気なうちに、できるだけ一緒に暮らそうと思ってさ」

「それをお聞きして安心しました」

まだ気持ちにわだかまりを抱えているのか、小枝がどこか屈折した表情で笑顔を作った。

買い物に要した時間は八十分ほどだった。帰宅すると、詩緒里の姿が居間にはなかった。

美登里は庄治の部屋に向かった。

妹はそこにいた。介護ベッドに覆いかぶさるようにし、庄治の口元に自分の頬を近づけている。

何をしているの？　問い掛けようとしたところ、詩緒里は立てた人差し指を唇に当て、こちらを制してきた。その指を立てたまま、彼女は口を開いた。

「父さんね……」力の抜けた声だった。「息をしていないみたい」

「本当？」

美登里も庄治に近づいた。いま詩緒里がしていたように、庄治の口元に顔を近づけてみる。

なるほど、頬にはまったく風を感じなかった。わずかな呼吸音も聞こえてこない。人里離れた山中で、古びた岩にでも向かって頬を寄せている。そんな錯覚に襲われた。

二枚重ねのティッシュペーパーを一枚に剝ぎ、鼻と口に近づけてみたが、半透明の薄い紙は、やはりそよとも揺れはしなかった。

5

水四に対して酢一の溶液を作った。それを雑巾に吸い込ませ、畳を拭いていく。

こうすれば、酢の漂白効果で藺草《いぐさ》の青さがよみがえるらしい。そのように家事指南の本には書いてあった。試すのはこれが初めてだ。

畳を拭き終えると、六畳間と八畳間を仕切っている襖《ふすま》を取り払い、床の間の前に棺《ひつぎ》を置くだけのスペースを確保した。

——司法解剖の結果、事件性はないと判断されたので、明日の午後にはご遺体をお届けにあがります。

そのような連絡が警察からあったのは昨日の夜だった。

続いて居間の掃除に取り掛かったとき、玄関のチャイムが鳴った。誰だろう。まだ午前中だ。通夜には早すぎる。

「ごめんください」

聞こえてきたのは小枝の声だった。気の知れた相手だから、どうぞ上がって、とだけ大声で答え、そのまま作業を続行する。

「庄治さんのことを社協の事務所から聞いて、本当にびっくりしました。このたびはお悔やみ申し上げます」

「ありがとう。あなたには、本当にお世話になったわね」

「今日は、妹さんはお留守なんですか」

「ええ」

詩緒里は葬儀の手配のために外出しているところだ。

「昨日、スーパーでお会いしましたね。庄治さんがお亡くなりになったのは、ちょうどあのころですよね」

「そう。わたしが帰ったときには、もう」

「もしかして、お通夜は斎場じゃなくて」

「ええ、ここでするの」

若い人は知らないかもしれないが、この地域では通夜を自宅でとり行う習慣だと教えてやった。

「ところで、今日はどんなご用？」

「わたしも、お部屋の片付けをさせていただかなければ、と思いまして」

助かった。父がいた部屋には、あの絵をはじめ、快癒願いの短冊など、小枝が持ち込んだ小物が残っている。そろそろ持ち帰ってもらおうと考えていたところだった。

「では、お部屋に入らせてもらいます。十時までには終えるようにしますから」

「お願いね」

三十分ほどして小枝は出てきた。片付けはみな終わったらしい。手提げ袋から例の額縁や短冊の類が頭を覗かせている。

「いったん帰ります。あとで、またお邪魔してもよろしいですか」

「通夜なんかいいのよ、来てくれなくても。気持ちだけで十分。あなたも忙しいでしょうから」

「いいえ。ぜひ寄らせていただきます」

「そう。ありがとね」

「でも、わたしじゃありません」

「……というと？」

「お邪魔するのは、わたしの兄です」

交通安全標語の横断幕を掲げた、鉄筋コンクリートの三階建て。頭に浮かんだのは所轄署の外観だった。

「どうして？　小枝さんのお兄さんて、うちの父と面識があったかな」

それには答えず小枝は玄関口に向かった。彼女が振り返ったのは、靴を履いてからだった。

「昨日、あれっと思ったことがあるんです。その理由が気になってしょうがないんです」

「どんなこと」

「スーパーでお会いしたとき」小枝はバッグに手を入れた。取り出したのはスマートフォンだった。「城所さんはどうして」

今日も腕時計が午前十時のアラームを鳴らした。同時に小枝がスマホを操作する。ラジオのアプリを起動させたようだった。

《ウェザーサポート社がお送りする気象情報の時間です。はじめに全国の天気概況をお伝えします。今日は――》

「この番組をお聴きにならなかったんですか」

6

壁の色はクリーム色。だが下地の暗い灰色が透けて見える。この色にあうベースはドライジンか。

今日は湿度がことのほか高いようだ。周囲の空気はねっとりとして、血液のように肌に絡みついてくる。この感覚を色に譬《たと》えれば濃い目の赤といったところかもしれない。ならば、ザクロの果汁と砂糖からなるグレナデンシロップを使うのがいい。

何人もの容疑者が通り過ぎたであろうこの廊下を歩けば、否《いや》が応《おう》でも犯罪のにおいを感じてしまう。罪の果実といえば林檎《りんご》だろう……。

美登里は部屋に入った。

透明な仕切り板の向こう側に座った詩緒里は、今日はチェック柄のワンピースを着ている。地味すぎるが、それだけに襟元に覗く向日葵《ひまわり》のバッジには輝きがあった。

「いまどんなことを考えていたの」それが妹の第一声だった。

「レシピだよ」

「カクテルの？　聞かせて」

「ドライジンとグレナデンシロップ、それからアップルジュースをそれぞれ三分の一ずつ」

「姉さんのオリジナルかな」

「そう。最後に、輪切りのレモンを向日葵に見立てて添える」

「名前は？　何ていうの」

「そうね……。拘置所気分、ていうのはどう？」

詩緒里は小さく吹き出した。「あまり飲みたいとは思わないよ。考え直したら」

面会室の壁にはカレンダーが張ってあった。

五月十五日の升目をじっと見る。スーパーに出かける前、父の部屋に立ち寄った。そのとき、苦しむ彼の姿をみかね、砕いて粉末にしたＬＮ錠を水差しに入れた。それがこの日だ。

——必ず聴いていた天気予報を聴かなかったのはなぜか。庄治を殺《あや》めると決めていた、もしくは殺める手を打った後だったからではないのか。

小枝は自分が抱いた疑惑を刑事である兄に話した。司法解剖の結果を改めて精査し、不審な点を見つけた小枝の兄はすぐに動いた。通夜の前、所轄署から捜査員が来宅し、任意で事情を聴かれたため、その場で罪を認めた。

翌日、殺人罪で逮捕された。その後十日間ばかり取り調べが続き、起訴されたのは昨日になってからだった。

「詩緒里の方は、忙しいでしょう」

「誰かさんのおかげでね。いまは公判前整理手続の最中だよ」

今日はその手続きのことで来たの。そう詩緒里は言い、真顔になった。

「警察の取り調べでは、姉さんは『何錠分投与したか覚えていない』と言っているよね」

「ええ」

「それは本当なの」

「……本当だよ」

「分かった。——ところで姉さん、考え直してくれないかな。殺意を認めないで、過失だったと主張してほしいの」

「どうして」

「だって、姉さんは殺人犯じゃないもの」

「悪いけど、何を言っているのか分からない。わたしは、父さんを死なせようと思ってそうしたんだよ。それを殺人ていうんでしょう」

美登里は自分の手を見やった。この手だ。あの日、スーパーへ出かける直前に、この手が、LN錠をブリスターパックから出し、水差しの中に入れたのだ。

父を死なせる目的で飲ませたのだから間違いない。すぐに自首しなかったのは、罪を逃れようとしたからではなかった。罪が軽減されることを恐れたからだ。

小枝の兄たちがやってこなければ、葬儀を終えたあと、こちらから警察に出向くつもりだった。

「とにかく起訴内容を認めないで。事実関係で争うようにして。ほかの薬と間違ってLN錠を投与してしまったと主張して。お願いだから」

起訴内容を認めず、それでも有罪だと裁判所が判断すれば、情状が悪くなり刑期が長くなるかもしれない。それでもかまわないが、自分が犯人に間違いないのだから、事実関係で検察と争うなど不毛な行為だ。

父が苦しんでいるのを見るのが我慢できなかった。動機はそうであれ殺人は殺人なのだ。自分は法律に従って裁かれなければならない。

「何年介護してきたの、父さんを」

「かれこれ三年かな」

「三年も自分以外の人に身を捧《ささ》げてきて、最後にはその相手を殺したなんて……。そんなことがあっていいわけがないよ」

「しかたがないでしょう。いいわけがなくても、事実がそうなんだから」

「事実も違う。姉さんは殺人犯じゃない」

なぜ、と何度問い掛けても、返ってくる答えは「姉さんは殺人犯じゃないから」の一点張りだった。

通常の面会時間は三十分程度だが、相手が弁護人の場合は大幅な延長が可能と聞かされていた。そのとおり、いくら経っても刑務官が呼びに来る気配はなかった。

7

その椅子は、座面の前端が擦り切れていた。過去、幾多の被告人が座らされてきた椅子だ。裁かれる立場の身には、深く腰掛けるだけの精神的な余裕がないということか。被告人という立場の危うさがこんなところに出ているとは、一つの発見と言っていいかもしれない。

「それでは被告人は証言台へ進んでください」

裁判長の言葉に従い、美登里は椅子から腰を浮かせた。証言台までは三歩の距離だ。

その隙に、傍聴席へ目をやった。

傍聴人は、初日に十九人、二日目に二十一人。そして判決が言い渡される予定の今日、二十四ある座席はすべて埋まっていた。

詩緒里の説得に負け、過失を主張して臨んだこの裁判も、そろそろ終わろうとしている。

証言台の前に立つと、裁判長は詩緒里の方へ顔を向けた。「弁護人は被告人に質問をどうぞ」

詩緒里も立ち上がった。

「被告人は、父親をどう思っていますか」

庄治は複雑な人だった。気が短く、他人が嫌いだった。一方では素朴な人間で、律儀な面があった。頑固だが教養はあり、子煩悩とは言えなかったが、娘の教育に手を抜かなかった……。次々に浮かぶ言葉の洪水を、一つ一つやり過ごし、嘘のない一言を見定めようとした。

「大事な人……でしょうか」

最後に残った言葉はそうだった。

「以上です」

法廷がややざわついたのは、詩緒里の質問があまりにも簡単すぎたせいか。

「ええと、弁護人」裁判長もあっけにとられた表情のまま瞬《まばた》きを重ねた。「ほかに訊いておくべきことはないのですか」

「ありません。ただ、最終弁論の際に、もう一度だけ被告人に質問をお許し願いたいのですが」

「……いいでしょう。では検察官の方から質問をどうぞ」

担当の検事は高島《たかしま》という三十歳ぐらいの男だった。のっぺりとした丸顔で、黒縁の眼鏡をかけている。いろいろと癖のありそうな人物だが、一番の特徴は、首の皮膚に皺《しわ》ができるほど強くネクタイを締めていることだろう。

「被告人、率直にお訊ねします。あなたは庄治さんにＬＮ錠を飲ませましたか」

「はい。飲ませました」

「以上です」

こちらの質問も、詩緒里に負けず劣らず簡単なものだった。映画やテレビで見るのとはだいぶ違っている。現実の裁判とはいつもこんなものなのだろうか。

「これで証拠調べを終わりましたので、検察官のご意見を伺います」

いま座ったばかりの高島がまた立ち上がった。

「司法解剖の結果、並びに被告人自身の供述から、被告人が殺意をもって、被害者に対し、服用させてはならない薬物を投与したことに間違いはありません。よって殺人罪に該当することもまた明白であり、相当法条を適用のうえ、被告人を懲役八年に処することが相当と思料いたします」

「それでは弁護人、最後にご意見をどうぞ」

詩緒里は身を屈めて机の下からハンドバッグを出した。口を開け、中からコンパクトを取り出してから机の前まで歩を進めた。

「裁判官、そして裁判員のみなさん、わたしの顔を見ていただけますか」

詩緒里はコンパクトを開いた。鏡面を覗き込む。

「わたしはいま、たいへんに緊張しています。眉間に皺が寄り、眉毛が吊《つ》り上がり、叩けばカッンと音がしそうなほど頬も強張《こわば》っています。これは当然です。実の姉である被告人が、殺人者になってしまうかどうかの瀬戸際にいるのですから」

詩緒里はコンパクトを畳んだ。

「以前、知り合いの警察官から言われたことがあります。いまわたしが見せているこんな表情と、そっくりの顔をした人間を知っている、と。誰ですか、とわたしは訊ねました。その警察官は何と答えたと思います？　見当がおつきでしょうか」

裁判員の何人かが、詩緒里の問いかけに反応し、首をかすかに振った。

「答えは、泥棒です。犯行に及ぶ前の泥棒が、よくこんな顔をするそうです」

詩緒里の話はどこに向かっているのだろう。静まりかえった法廷で、すべての視線は彼女に向いていた。

「忍び込みや空き巣をする人は、侵入してから逃走するまで、長い時間にわたってかなりの緊張を強いられます。ですから、犯行に及ぶ直前の泥棒の形相はまさに鬼のそれだそうです。――ところで検察官」

詩緒里はふいに高島の方へ顔を向けた。

「窃盗事件を扱った経験はおありですか」

「もちろんあります」

「件数はどれぐらいになります？」

「どうでしょうね。二十はくだらないと思いますが」

「それぐらい経験なさっていれば、痛感していらっしゃるでしょう」

「痛感？　何をです？」

「記憶力のよさですよ。窃盗犯の。――いま言ったように、忍び込みや空き巣は極度に緊張しています。つまり、それだけ犯行に集中しているということです。ですからたいていの泥棒は、自分の犯した事案を細部に至るまで覚えているものです。千回以上の盗みを働いたあるノビ師は、一件一件すべてにおいて、家の間取りや盗んだ品物、金額を正確に記憶していたそうです。こうした話を、検察官はお聞きになったことがありますか」

「しょっちゅう耳にしますよ」

「では、次のことには同意していただけますね。つまり、人間は極度に緊張した状態で見聞きしたものを簡単には忘れはしない、ということには」

「しましょう」

「だとしたら、おかしいと思いませんか」

「何がですか」

詩緒里は裁判長の方へ向き直った。

「被告人の証言が、ですよ。警察での取り調べの際、被告人は『ＬＮ錠を何錠分投与したか』との質問に、『覚えていません』と答えています。これは不自然でしょう。投与した際の被告人はかなり緊張していたはずです。ブリスターパックから何錠取り出したのか、正確に記憶しているのが妥当と思われます。――もちろん気が動転していて覚えていない、という場合も考えられますが」

詩緒里がこちらを向いた。

「被告人にお訊ねします。取り調べの際に言ったことは嘘で、本当は、何錠分投与したのか、覚えていたのではありませんか」

「……はい。覚えていました」

「何錠分ですか」

「二錠分です」

「検察官。司法解剖の結果、遺体から検出されたトリエキシベロンナトリウムの量を、もう一度教えていただけますか」

　高島が書類を手にした。「八十マイクログラムです」

「それは被害者が服用していたＬＮ錠何錠分になりますか」

「四錠分に」

「計算が合いますか。いまの被告人の証言と」

「合いませんね」高島は、手にした調書を放り投げるようにして机の上に置いた。「失礼ですが、被告人が嘘をついているのでは？　本当は四錠分投与したのに、それを二錠分だと」

「被告人、本当にあなたは二錠分しか入れていないのですか」

「本当です。間違いありません」

「この法廷に誓えますか」

「誓えます」

「被害者に――あなたの父親にも誓えますか」

「誓えます」

「被害者の遺体から検出されたトリエキシベロンナトリウムの量は八十マイクログラム。この事実を、被告人、あなたはいつ知りましたか」

「警察での取り調べの際、刑事さんから教えられました」

「そのとき、あなたは非常にびっくりしたはずですね。四十マイクログラムのはずではないか、どうして倍も出てくるのか、と」

「はい」

あのときは本当に驚いた。

「投与したLN錠が倍に増えていた。二錠分のはずが、なぜか四錠分入っていたわけです。——被告人、あなたはそのとき、あとの二錠分はどのような理由で増えたと考えましたか」

「わたし以外の誰かが入れたのだと考えました。考えたというより、知ったという方が正確です。それ以外にありえませんから」

「にもかかわらず『何錠分投与したか覚えていない』——そのようにあなたが嘘をつくことを決心したのは、もしかして、その人物を庇《かば》うためだったのではありませんか」

「……はい」

「率直にお訊ねしますが、その人物とは誰ですか」

美登里は詩緒里の顔を見やった。法廷内から一切の物音が消えた。

「わたしだそうです」詩緒里が法壇へ向き直った。「わたしもそれを認めます」

裁判所横の道路は通学路になっているのだろうか。法廷内が深い沈黙に包まれたせいで、下校する児童たちが元気に騒ぐ声がはっきりと聞こえてきた。

「それはつまり」瞬きを繰り返しながら裁判長が身を乗り出してきた。「被告人が水差しに薬を入れたあと、弁護人も入れたということですか」

「はい。わたしも苦しむ父を見ていられませんでしたから」

「二人に意思の疎通はあったのですか」

「ありませんでした」

「同じタイミングで同じことを考えた、ということですか」

「そのとおりです」

「では」裁判員の一人が中腰になった。「二人で薬を入れたのなら、二人とも犯人ということですね」

「いいえ。――二人で薬を入れたからこそ、二人とも」

　詩緒里がこちらの横に立った。姉妹二人が証言台に並ぶ格好になる。

「犯人ではないのです」

8

　彼岸花はまだ水辺に咲いていた。約四年ぶりの来店になるが、店内の装飾は変わっていない。

約束の時間は午後七時だったが、十分ばかり早く着いてしまった。先に一杯やることにして、美登里は棚からベルモットとソーダの瓶を取り出した。

ベルモットをテーブルに置き、グラスにはソーダだけを注ぎ、口をつけた。

詩緒里が入ってきた。いつかと同じように三分遅れだ。

「また遅刻だよ」

「ごめん。歩いてきたから」

「タクシー使いなって」

「健康診断の結果が出たの。糖分を控えて節制しなきゃいけなくなったのよ」

「だったら飲めないじゃないの」

「今日は特別。――姉さん、ずるい。先に飲んでるなんて」

「ちゃんと見たら？　グラスの中身はソーダだけだよ。チャーチル飲みをしているだけ」

「チャ……？　何なの、それ」

イギリスの首相だったチャーチルは、マティーニにベルモットを混ぜなかった。ではどうしたかというと、ベルモットの瓶を睨《にら》みながらジンだけを飲んだ。ベルモットが敵国イタリア産だから意地を張ったわけだ。そう説明してやると、詩緒里は納得した顔になった。

「脳内でカクテルしたわけね。面白そう。わたしもやってみる」

ベルモットの瓶に自分の口元が映っていた。それが父の唇に重なった。

――い、あ、え、え、う、え。

「死なせてくれ」の形に父は唇を動かした。だからこの手で水差しにLN錠を投与した。

だがもう一人、庄治の唇を読めた人間がいた。四半世紀も会っていなかったが、それでも読めた人が。

結局、殺人罪ではなく、殺人未遂罪で改めて起訴された。

刑事事件には「択一的競合」と呼ばれるケースがある。二人以上の者が意思の疎通なしに、同じ人物を、同時に同じ方法で死亡させた場合がそうだ。例えばA、Bの二人が殺意をもってCに毒を投与する。それによってCが死亡したとき、どちらの毒が死因であるのか判明しなければ、AにもBにも殺人罪は適用されず、殺人未遂罪にしか該当しないことがあるのだ。

二人にくだった判決は懲役三年、執行猶予四年だった。

その猶予期間も昨日で終わった。だったら趣味を復活させてもいいだろうと相談し、集まったところだった。

「駄目」詩緒里が天井を仰いだ。「こんな我慢比べみたいな飲み方は無理」

「じゃあ、作り直そうか」

美登里もグラスを置いた。頷き合い、同じタイミングで立ち上がる。

二人で作る究極のカクテル。その材料がいつまでも、ただの水と苦い薬というわけにはいかないだろう。

オンブタイ

1

また一匹、フロントガラスに羽虫が当たってつぶれた。死骸がへばりついているわけではないため、はっきりとは分からなかったが、音の大きさからして、ぶつかってきたのは蛾《が》の類に違いなかった。

「よお」

後部座席に半分寝そべった格好のまま、西条隆也《さいじょうたかや》は運転席に向かって声をかけた。

「おまえのうちって、曹洞宗だったたか」

「いいえ」

ハンドルを右に切りながら、原仁《はらひとし》がバックミラーを介して返事をした。

「うちは、たしか浄土真宗だったと思います」

だけど、どうして宗派なんて訊くんです？　鏡の中でそう訝る原の顔は満月のように見えた。最近さらに太ったらしい、誇張抜きにほぼ正円だ。

「だって、黙禱《もくとう》してたよな、いま」

バックミラーで見たのだ。蛾が激突したとき、原が両目を静かにつぶったところを。いや、つぶった、というよりは、瞬《また》いた、といった方が正確かもしれない。なにしろ車の運転中だ、原が目を閉じていた時間はかなり短かった。

とはいえ、小さな命の消滅をそっと悼んだことは、片手をハンドルから離し、さりげなく立ててみせた仕草からも明らかだった。

「ええ、しました」

「殺生は駄目よ、って教えてんのは曹洞宗だろ」

「違いますよ。仏教ならどこの宗派だって殺生は禁止です」

原はウォッシャー液を出し、ワイパーを動かし始めた。

そうだったか？　欠伸《あくび》混じりに言い、伸びをすることでこの話題を切り上げると、西条は運転席のヘッドレストに軽く手刀を振り下ろした。

「ところでまだなのかよ。あと何キロあるんだ、おまえん家《ち》まで」

「四キロぐらいでしょうか」

「急げ。寝ちまいそうだ。いや、その前に吐いちまうかも」

アルコールの回り方が普段と違う。車のサスペンションが悪いせいかもしれない。それとも飲んだ酒がそもそも安かったのか。

県内の建設業者が集まって開かれる懇親会には、設立当初から参加し、『西条ホーム』の人事課長として出席を続けてきたが、そろそろ終わりにしてもいいだろう。高い会費を払っておきながら、毎回あの程度の酒肴《しゅこう》で誤魔化されてはさすがに腹が立つ。

閉会になると、部下の原を呼び寄せ、彼の自家用車で自宅マンションまで送ってもらうことにしたが、その途中で、ふと気が向き、原の住まいを見てみたくなったのは、一種の職業病だろうか。

彼の家は元々農家で、市街化調整区域に建っていることは知っていた。それにしてもずいぶんと市の中心部から離れている。もはや隣市との境界に近い位置だ。

車窓から顔を戻すと、西条は、傍らに置いていた小箱を手に取り、リボンを解《ほど》きにかかった。余興のビンゴで当たった景品は、やけに軽かった。

「こらまた、ずいぶんと趣味が悪い」

中身はデジタル式の腕時計だった。バンドを見れば、安物であることは間違いないのだが、デザインが特殊だ。液晶部分の上に小さなスピーカーがついている。

「いいものが当たりましたね」そう口にした原の目は、バックミラーの中で子供のように輝いていた。「喋る時計ですよ、それ」

「喋る？　ラジオか」

「――とは、ちょっと違います。電波は受信できません。その代わり、時刻を音声で教えてくれるんです。横にボタンがあるでしょう。それを押してみてください」

言われたとおりにすると、

《ただいまの時刻は午後十時三十五分です》

女性の声で腕時計が喋った。

手首に巻いてみようと思ったが、左腕につけているタイメックスをわざわざ外す気まではおきなかった。右腕に装着する。そして再びバックミラーを通して原と目を合わせた。

「あと五分で着けるか。おまえの家へ」

「……無理だと思います」

「おまえ、いまいくつだっけ」

「先月、二十六になりました」

「ってことは、入社してからもう六年だよな。でもまだ主任だ」

頷いて原は頭の横を掻《か》いた。

「もし十時四十分までに到着できたら、秋の人事異動で係長に昇進させてやる――って言ったらどうする。その代わり、できなかったらクビだ」

原はパワーウィンドウのスイッチに手を伸ばした。後部座席の窓が薄く開いた。酔いを醒《さ》ましてください、と言いたいらしい。

「冗談だと思っているのか？」

原は鼻で何度か荒い息を繰り返した。彼独特の笑い方。それで逃げたつもりらしい。

「挑戦してみろ。給料袋をいまよりちっとは厚くしてえだろ」

言って西条は、もう一度、腕時計のボタンを押した。

《ただいまの時刻は午後十時三十六分です》

原の顔から笑みが消えた。

エンジンの回転数を示すデジタル式のメーターが動いた。発光する部分がアーチを描くように右へ振れた。速度計の数値は、道路の制限速度と同じになり、窓から吹き込む風も少しだけ強くなる。

「その調子だ。けどよ、もうちょっと痩せた方が、この車に親切だろうな」

原の着ている背広は、肩口がはち切れて、裂けていた。裂け目から覗いたほつれ糸に目をやり、西条は溜め息をついた。

「何キロなんだよ」

「家までの距離ですか？　この車の速度ですか？」

「どっちでもねえ」

「わたしの体重なら、百二十ですけど」

「家族も全員そんなに丸っこいのか？　みんな百キロ超えの重量級か？」

「いいえ。お袋は病気をしてから少し痩せて、いまの体重は四十キロぐらいです」

「おまえは次男だろ？　たしか兄貴がいるんだよな」長男の名前は……そう、拓《ひらく》だったと記憶している。「そっちは？」

「毎日の農作業で鍛えていますから、いい体をしてますよ。体重は八十キロぐらいありますが、ほとんど筋肉の重さです」

「きれいな足し算が成り立つな」

お袋と兄貴を足せば、ちょうどおまえのウエイトだ——そこまでは言わずにおいて、西条はまた腕時計のボタンを押してやった。

《ただいまの時刻は午後十時三十七分です》

原がまたアクセルを踏み込んだ。メーターが道路の制限速度を上回ると、また一匹、羽虫がフロントガラスに当たってつぶれた。

しかし、原はもう目をつぶりはしなかった。

「お袋さんは、まだ歩けないのか」

母親の美佐《みさ》は脳梗塞の後遺症が足に出たと聞いている。治療やリハビリにかかる費用がかさんでいる、とも。原がアクセルを踏み込んだ理由は、たぶんそこにある。

「まだ、じゃなくて、ずっとです。でも、うまくいけば、ちょうどいまから、この道で会えるかもしれませんよ。毎晩、散歩をするのが日課ですから」

どういう意味だ？　バックミラーを介して目で訊ねた。

「電動車椅子で近所を出歩くんです。外の空気を吸いに」

「こんな時間にか？　危ないだろ」

「大丈夫ですよ。兄貴が付き添いをしていますから」

その言葉を原が言い終わらないうちに、どこかで携帯電話が鳴った。コール音は、彼の背広から聞こえてくるようだった。

「誰からだ」

原は背広のポケットに手を入れて携帯を開きながら、こちらへ差し出してきた。

「すみません、課長、見ていただけますか」

西条は端末を受け取り、モニターを覗いた。取引先の工務店の社名と、担当者の名前が出ている。自分とは直接の面識がない相手だった。

「おまえじゃなきゃ、話が分からんな」

西条は端末を原に返した。

「じゃあ、ちょっと失礼します」

原は車を道端に寄せながら減速させた。

「おい」

西条は運転席のヘッドレストに軽く手刀を振り下ろし、腕時計のボタンを押した。

《ただいまの時刻は午後十時三十八分です》

「あと二分しかねえんだ。停めるなって。時間がもったいない」

「え。でも」

「運転しながら出りゃいいだろが。こんな田舎道だ。パトなんかいるわけねえ」

「だとしても、そういうわけには……」

「分かってんのか。おれは、おまえを昇進させたくて言ってんだぜ。絶対に停めるなよ。停めたらクビだからな」

「じゃあ、すみません。課長が出てくださいますか」

「だから、おれじゃあ細かい話は分かんねえって言ってんだろ。おまえの電話にかかってきたんだから、おまえが出ろ」

「はあ……」

「大丈夫だって。おれが手で持っててやるから運転を続けろ」

西条は後部座席から身を乗り出した。

「そうですか。すみません」

原が携帯の端末を再び渡してよこす。

「勘違いすんなって」西条は端末を払いのけた。「そっちじゃねえよ」

＊

闇。

それしかなかった。

見えるものは、ほかに何もない。

鼓膜に届くのは、蛙《かえる》の鳴き声だけだった。

いや、もう一つある。サイレンの音だ。次第にこちらへ近づいてくる。

額や目の周りがじんじんと熱を持っていた。血液が頭の方に集まっているせいだ。自分の体はいま、逆立ちした状態になっているのだ。

無重力状態にある宇宙飛行士の姿を一瞬想像した。その直後、頭髪が半分、水に濡れていることに気づいた。植物の先端が頬に触れている。稲の苗だ。

車が道路脇の田圃《たんぼ》に突っ込んでいるのだと分かった。

手を頭の方にやると、質の悪いゴムのような弾力があった。手触りからして、割れたフロントガラスに違いなかった。どうやら、車体が水田に突き刺さったはずみで、自分の体は、後部座席から前方へ向かって弾《はじ》き飛ばされたようだった。

——勘違いすんなって。そっちじゃねえよ。

自分が口にした言葉が、波音のように繰り返し耳朶《じだ》で木霊《こだま》している。

思い出した。原が差し出してきた携帯を払いのけ、別のものを握った。その数秒後には、車は道路から飛び出し、夜の水田にダイブしていたのだ。

左手を顔の前に持ってきた。腕時計を見るためだ。

だが網膜には何も映らなかった。暗すぎる。

ビンゴの景品を思い出した。手探りで、右腕にはめた時計のボタンを押す。

《ただいまの時刻は午後十時五十一分です》

それが時計の答えだった。

事故発生から十二、三分ほどしか経ってない計算になる。

ふいに、見えたものがあった。ヘッドライトの中に捉えた二人の人影だ。車がふらついて蛇行したあと、田圃に突っ込む直前に見た光景だ。いま網膜に映った映像ではない。脳裏によみがえった残像だ。

電動車椅子の女と、付き添って歩く男。二人とも目鼻立ちが原によく似ていた。

散歩中の母と兄――彼らはどうなったのだろうか。

違う。「彼ら」ではない。「彼」だ。母親の方は無事だった。蛇行する車のバンパーは、車椅子をぎりぎりのところで避《よ》けた。

引っ掛けたのは、兄の方だけだった。

――と、蛙の鳴き声に混じり、誰かの呻《うめ》き声《ごえ》が耳に届いた。

位置からして車の外だ。割れたフロントガラスの向こう側から聞こえてくる。

「原？　大丈夫か」

呼びかけて、すぐにそれは間違いだと気づいた。

フロントガラスには罅《ひび》が入っただけだ。割れてはいない。百二十キロの丸い体は、外に放り出されたわけではないのだ。

だとしたら、呻き声の主は兄の方だ。田圃と車のあいだに挟まれて苦しんでいるのは、農家を継いだ長男の拓なのだ。

「原、どこだ？　いるか」

呼びかけながら、腕を運転席の方へ伸ばしてみた。

指先が、枕のような柔らかいものに触れた。エアバッグだ。これが作動したなら、原は大丈夫だ。返事がないのは気を失っているだけだろう。

ふいに、カコンという小気味よい音が耳に届いた。助手席側のドアがある方向からだった。ロックを解除した音だ。ようやく助けが到着したらしい。

そう思った直後には、自分の体は誰かの手によって、左側へ大きく引っ張り上げられていた。

「お先にな」

部下にしっかりと声をかけたつもりだが、掠《かす》れた息しか出てこなかった。

――大丈夫ですか。意識ありますか。

訊いてきた救急隊員の声は甲高く、やや耳障りだったが、いちおう二、三回頷いておいた。

車の外に出されたようだが、まだ網膜には何も映らない。

――足元ぬかるっ。担架は無理っ。

すぐ耳元で、別の救急隊員が、これまた高い声を出した。

――オンブタイ！　オンブタイくれ！

オンブタイ……？　何だ、それ。

いや、そんなことよりも、どうしてこんなに暗いのか。何でいつまで経っても目が暗さに慣れない？　黒い色以外、顔の前に何もないのはどうしてだ。たしかに目蓋を開いている。その感覚はある。だがわずかの光も見えないのはなぜだ……。

2

三か月のあいだに、白いクロスはどれぐらい黒ずんでしまったことだろう。

手垢《てあか》のつき具合にやや気が滅入りそうになりながらも、やはり壁に手をつくしかなかった。そうしなければ、不安で足を前に出せない。

キッチンの敷居を裸足《はだし》のまま摺《す》り足《あし》で跨《また》ぐと、やがて爪先に硬いものが触れた。体重計だ。

着ていたカッターシャツとズボンを脱ぎ、しゃがんで、手探りでスイッチを見つけ、それを押してから上に乗った。

返ってきた音は期待したものとトーンが違っていた。正しく量れなかったようだ。足の位置がセンサーからずれていたか。

足踏みを繰り返し、立ち位置を微調整したところ、今度はポロポロとピアノを擬した電子音で短い旋律が流れた。体重データが無事にパソコンへと送信された音は、いつ聞いても小気味いい。

異臭に気づいたのは、体重計からそろそろと下りたときだった。

黴《かび》だ。おそらく、どこかに食パンが一枚ぐらい転がっているに違いない。床へ落としたことに気づかず、どこか隅の方へ蹴飛ばしてしまったようだ。

このあたりに潜り込んだのではないか。そう思いながら、冷蔵庫の前で膝を折り、下の隙間に手を差し込もうとした。

すると今度は玄関のチャイムが鳴った。

「はいっ」

このマンションは全室にインタホンが装備されているが、通話装置の位置を探し当てるのがいまだに面倒くさくてならない。

だから地声で対応する。しかも、かなりの大声だ。そうしなければ、不在と勘違いした訪問客が帰ってしまう。なにしろ玄関まで到達するのに、キッチンからならゆうに一分ほどかかる。

とりあえずズボンだけを探し当て、急いで足を通してから、手探りで廊下を進んだ。途中で突起物にぶつかった。どさっと紙の束が落ちる音がする。カレンダーが落ちたのだ。

ついでにもう一つ、カツンと硬質な音がした。カレンダーを留めていた画鋲《がびょう》もまた、廊下に転がったようだ。

「どちらさん？」

玄関までたどり着くと、ドアに耳を当てながら訊いた。

《市役所から来ました、視覚障害者ガイドヘルパーですが》

返ってきた声は、五十年配と思《おぼ》しき女性のものだった。

《わたくし、名前をサクラバタミと申します》

しだれざくらの桜に、庭園の庭。あとはカタカナのタミと書きます——女はそんな自己紹介をした。視覚障害者のもとを初めて訪れたヘルパーは、たいていそうだ。文字を目で認識できない相手には、ありがたい習慣だった。漢字の字面から容姿を想像することができる……。

今回は想像できなかった。桜の文字から薄い桃色をした着物がイメージされたぐらいだ。

もっとも、気になったのは名前ではなかった。ドア越しに声が聞こえた位置だ。身長が百七十センチある自分よりも、高いところから聞こえたように思えた。

五、六十代の女で、そこまで上背があるというのは、かなり珍しい存在といえる。

「ちょっと待ってよ」

頭の中で、桃色の着物に細長い顔を描き加えながら西条は言った。

「ないんだけど。頼んだ覚えなんて」

市役所が視覚障害者の家にガイドヘルパーを無料で派遣していることは知っている。だが利用の申し込みはしていない。

「おかしいですね……。あの、西条ホームにお勤めの西条さんですよね」

「そうだよ」

「もしかして、会社のどなたかが代理で依頼なさったのでは」

「いや、聞いてないな」

社長をしている親父《おやじ》か、そうでなければ専務の叔父あたりが気を利かせて頼んだのだろうか。だとしても、事前に連絡の一つぐらいあるはずだ。

「そうですか。何かの手違いがあったようですね。では帰ります」

「あ、いや。待って。――じゃあ、ちょっと頼むよ」

西条はサングラスをかけ直し、手探りでサムターンを探し当てようとした。

今年五月の末に、乗っていた車が田圃に突っ込んだ。フロントガラスに顔面を強打し、結果、視力を失った。あれから九十日ばかり経つが、いまだに鍵の位置がすぐには摑めない。

「どうぞ」

何度か失敗してからようやく開錠すると、

「玄関に入ります」

まるで自分の行動を実況中継するかのように口で言い、タミという女の足音がすぐそばを通り過ぎた。

受けた風圧からして、思ったとおり、年配の女にしては相当大柄だと分かった。

匂いは……。しない。ヘルパーという仕事柄だろう、化粧っ気は皆無のようだ。

「そういえば、玄関のドアに、張り紙がしてありましたよ」

タミが言った。声がした方角は、やはり斜め上だった。間違いなく、彼女の身長はこちらよりも高い。

「誰から？」

「名前は書いてありません」

だったら、いつもの嫌がらせか。

「文面は？　何て書いてあるの？」

「読み上げてもいいんですか」

「そう頼んでるんだけど」

「でも……」

「いいから、早く」

タミが紙に書かれた文字を口にした。

それを聞いたあと、西条は片手を前に出した。その張り紙をくれ、と言ったつもりだった。

タミはすぐにこちらの意を察し、紙を渡してよこした。西条は両手で粉々に千切ってから、紙屑を右手に握り込んだ。

「それ、ゴミ箱に捨てましょうか」

「いや、けっこう。自分でやるから」

西条は右手を口元に持っていき、紙片を食べる仕草をしてみせた。

だが、タミが返してきたのは「分かりました」という声だけだった。くすりとも笑わない。

「それで、頼みとは何でしょうか」

「拾ってもらえるかな」

「何をです？」

「画鋲。さっき、うっかり落としちまってね。踏ん付けたら怖い。こっちはいつも裸足でいるんで」

「場所はどの辺ですか」

「廊下。台所を出たすぐのあたり」

言って部屋の奥を指さした。

「西条さん。お言葉ですが、ご自分で拾ってみるつもりはありませんか」

西条はタミの両目があるに違いない位置へ顔を向け、わざと眉間に皺を寄せた。

「わたしはそばで声だけのお手伝いをします。どこに画鋲が落ちているか、位置のヒントだけを差し上げます」

「タミちゃん、あんたもしかして耳が悪い？　おれはね、拾ってってお願いしてるの。それが嫌なら帰ってもらえる？」

「分かりました。では、靴を脱いで上がらせていただきます」

「どうぞ」

「まず、台所に行きます」

「どうぞ」

「そのあと、洗面所へ行きます」

いちいち自分の行動を口に出すのがこのヘルパーの流儀らしい。迷惑ではないが、煩わしくもある。

「ずいぶんあちこちにカレンダーを張っているんですね。しかも画鋲で」

「まあね」

しかたがない。建設業界はなぜか、ことあるごとに暦を配りたがる。年末など、得意先回りで大量に準備する。結果、大量に余る。だからといって無駄に捨てても面白くない。

「全部撤去した方が安全です。視覚障害者の独り暮らしには、画鋲や押しピンは厳禁ですよ」

同意するしかない。目で見て使う物品は、どうせもう自分にとっては無用の長物だ。

「西条さんは、いつも裸足なんですか？　尖《とが》ったものを踏んで怪我《けが》するケースはよくありますよ。いかがです？　スリッパか室内サンダルを履くようにしては」

首を横に振った。お断りだ。スリッパもサンダルも洗うのが面倒くさい。
二、三分もすると撤去作業は終わったらしい。タミがそばにやってきた。

「洗面所とキッチンのカレンダーは全部外しておきました。それから、冷蔵庫の下で食パンが一枚傷《いた》んでいたので捨てましたよ」

「そりゃ、どうも」

声こそ五、六十代だが、実はもっと若いのかもしれない。足の運びはきびきびしている。それに、この三階まで来るのに、エレベーターではなく階段を使った。エレベーターならモーターの駆動音でかすかに壁が響くから分かるのだ。タミの訪問前にはそのわずかな振動がなかった。

「次は居間に入りますよ。いいですか」

「どうぞ」

タミの背後から、西条もリビングへ入った。

「お仏壇がありますね」

「まあね。うちの家族じゃなくて、よその人なんだけど。勝手に設《しつら》えさせてもらったんですよ」

「遺影のこの方……もしかして、部下だった方ですか」

西条は、まだ手に持ったままだった張り紙の破片をきつく握り締めた。

――【人殺し】

ここに書かれた文字を読み上げても、タミの声に驚いた様子はなかった。それに、居間の仏と自分の関係を言い当てもした。

ならばこのヘルパーも普段から新聞や週刊誌には目を通しているのだろう。

【背後から手だけで運転　部下を死なせる】

地方紙に載った見出しは、まだ彼女の記憶にはっきり残っているかもしれない。

それとも、

【一家の生活を奪った愚かすぎる二人羽織】

見開き二ページにまたがるでかい活字で書き立てた週刊誌の記事の方が、より強く記憶に残っているだろうか。

部下の話で知ったマスコミの報道ぶりを思い出しながら、タミが立っている位置に見当をつけ、そこへ顔を向けた。

「タミちゃん、知ってる？　エアバッグが膨らんでも、そこに胸を強く打つと死んじまう場合があるって」

言って西条は腰を折り、空いている方の手を膝についた。軽い吐き気がしている。後部座席から身を乗り出し、原に代わってハンドルを握ったときの様子を思い出せば、いつもこうだ。

田圃の中の一本道だった。夜になったら、まず車も人も通らない。だから少しぐらいふざけても問題はないだろうと思った。

救出されたあと、しばらくは、怖くて警察に事実を話せなかった。それがまずかった。ハンドルに付着した指紋について追及され、観念して口を開く格好になった。そこからマスコミの餌食になるまでの時間は、呆《あき》れるほど短かった。最初の記事が出てから三時間もしないうちに、もう嫌がらせは始まっていた。

西条は呼吸を整えてから体を起こした。摺り足で仏壇に歩み寄る。

手探りで線香のありかを探すと、タミがそっと一本手渡してくれた。

ちょうど中間の部分に見当をつけ、ポキリと折った。宗派によって焼香のしかたに差があるらしい。浄土真宗なら一本の線香を適当な長さに折ってから香炉に寝かせるようだ。

目が見えないから、危なくて火は使えない。だからいつも、線香は寝かせるだけにしていた。それも最近では面倒くさくてしかたがない。正直なところ、少し前から合掌すらしていなかった。

タミがいる手前、いまだけはこうして遺影に手を合わせはしたものの、原の顔は日に日に記憶から薄れつつあった。

それより気になるのは、兄――拓の方だ。あの呻き声が忘れられない。車の下敷きになり両腕を失った彼は、いまごろどうしているのだろう。

まあ、何にしても、金で補償すれば済むことだが……。

屑籠を爪先で探し当て、張り紙を捨てると、マッチを擦る音に、線香の匂いが続いた。頼みもしなかったが、これもタミが火を点《とも》してくれたようだ。

「西条さん。最近は、どのような生活をなさっていますか」

「学校通いだよ、この歳になって。点字の学校。今日は休みだけど」

「定期的に来るヘルパーさんは？　います？」

「いないよ。こう見えても、まだ会社の課長職にあるんで」

必要があれば、あれやこれやを社員に手伝ってもらっている。同族経営という形態は、世間的には非難されることが多いが、そんな我儘《わがまま》もきく以上、自分にとっては悪くない。

「西条ホームさんといえば、住宅メーカーさんですよね。なのに一戸建てではなくマンション暮らしですか」

「これで十分ですよ。独身なもんでね」

何より、こうなってしまっては、広いスペースなど無駄でしかない。

「では、お悩みになっていることは、特になさそうですね」

タミがそう訊いてきた。

「悩み、ね……。ないこともないよ。ここ」

西条は人差し指を立て、それを自分の脇腹に向けた。

「タミちゃん、つまんでみてよ」

「……遠慮いたします」

「いいから」

タミの方へ体を寄せると、Tシャツの上から脇腹に触れてきた。

「どうよ、この脂肪。最近は特につき易《やす》いんだよね。まあ年齢的に、しょうがないっちゃあ、しょうがないんだけど」

五十回目の誕生日は、あと一週間もすればやってくる。

だというのに、目がこれでは自由に運動ができない。そのうえストレスから大量に食う。しかも見えないから味がよく分からないときた。それが悔しくて余計に腹へ詰め込んでしまう。そんな悪循環のせいで腹回りが気になってしかたがなかった。

それに裁判も控えているとあっては、何としても少しは痩せておかなければならない。反省の情とやらを認めてもらうには、法廷に赴く前に、できるだけ貧相な顔になっておく必要がある。

「いまは台所に体重計を置いてるぐらいだよ」

食いすぎ防止のためには、洗面所よりもそっちの方が設置場所としてふさわしい。

「針はどうやって読んでいるんですか」

「パソコンに送ってる」

この一か月は食事の量を減らしてきた。明日は月末だから、読み上げソフトにデータを音声化させ、自分の体重がどれぐらい減ったのかを確認する予定でいる。

「タミちゃんもけっこうあるんじゃないの、ウエイトの方は」

上背だけでなく、足音と床の軋《きし》み具合から、かなりの重量級であることは間違いない。

「ほかにしてほしいことは、ありませんか」

こちらの質問を無視し、話題を変えてきたタミの声に向かって、西条はまた指を一本立ててみせた。

「あと一つ。ベランダに出たい」

「そこへ出て、どうするんです」

「外の空気を目一杯、吸い込む」

「……それだけですか」

頷いた。

「繰り返しますが、西条さん、ご自分だけの力でなさってみては、いかがですか」

西条は、立てていた指を左右に揺らした。「無理だよ」

以前、ベランダに出ようとした。だが、窓枠の段差に足を取られ、派手に転んだ。その場にいた手伝いの社員によると、頭が落ちた場所には、ちょうどコンクリートブロックの角があったようだ。

――つまずいた位置がもう数センチ奥だったら、課長も仏様になっていましたよ。

言葉は冗談めいていても、口調は本気だった。それを聞いて以来、ベランダに通じる窓へ近づくことさえできなくなっている。

「分かりました。ここで待っていてください」

タミの足音が居間から出て行った。

3

西条は右手を左の手首へ持っていった。腕時計のボタンを探る。

《ただいまの時刻は午後三時四十五分です》

役に立たないタイメックスなど、とうに社員にくれてやった。ビンゴの景品を宝物と感じられる生活は、不便さを差し引けば、新鮮と言えないこともない。

——待っていてください。

タミがそう言い残し、居間を後にしてから、もう五分が経つ。

「タミちゃん？」

返事がなかった。

西条は壁に手をついて部屋を出た。

玄関の方に行ってみたが、人の気配はない。洗面所にもいないようだ。

台所に入ると、耳がかすかな息遣いを捉えた。

タミがいる。すぐそばに。

手を伸ばした。服を摑もうとしたが、布に軽く触れただけだった。

「ちょっとタミちゃん。急にどうしたの。何で返事をしてくんないの」

もっと先に手を伸ばすと、ポロポロとピアノの音がした。後退りをしたタミが、うっかり体重計に乗ったのだと分かった。

「もういいよ。そろそろ帰ってくれる？」

玄関があるに違いない方角を手で指し示しながら、再びタミの顔を想像しようと努めた。

今度はできた。肌の色が黒かった。目も黒かった。白い部分がなく、どこも瞳と同じ色だった。唇がなぜか尖っている。カラスのような顔だった。それは暗闇の中に消えてすぐに見えなくなった。

玄関の方へ向けていた手を戻そうとした途中で、西条は全身の動きを止めた。

ただし、小鼻だけは激しくひくつかせた。

この臭《にお》いは何だ。やけに焦げ臭い。

「何を燃やした」

身を屈めつつ、タミにそう訊いてはみたが、もう返事など期待していなかった。

床を這《は》って台所から廊下へ出ると、居間の方へ戻り、途中に設置してある電話機に取りついた。

だが、その手が摑んだものは設置用の台座だけだった。数字ボタンの一つ一つに点字シールを貼り付けておいた電話機は、あるはずの場所から消え失《う》せていた。

「どういうつもりだっ」

振り返り、どこにいるか分からないタミに怒鳴ってから、玄関へ逃げた。

鍵を開けるのに手間取る。慌てているせいで、余計思うに任せない。あきらめて引き返した。

あちこちの壁に体をぶつけながら、転げるようにして居間へ入った。そのころには、焦げ臭さはますます強くなっていた。

逃げ道は一つしかない。

壁に手をついて立ち上がった。ベランダの窓を開けると、慎重に段差を乗り越えた。

「おめでとう」

タミの声がしたのは、外の空気を思いっきり肺に入れたときだった。

「ほら、出られたじゃないですか。ほとんどご自分の力で」

タミはまだ居間の中にいるようだった。窓を開けて上半身だけ外に出しているようだ。

西条は声の方向へ向かって手招きをした。

「そんなところにいるな。早くこっちに逃げろ」

「心配しないでください。いまトースターのスイッチを切って、換気扇を回してきたところですから」

落ち着き払ったタミの声と、そして台詞から、起きていたことがすぐに分かった。すべて彼女の仕業だ。おそらくあの黴の生えた食パンだろう。それをトースターに入れ、真っ黒い炭になるまで焼いたのだ。

タミの足音が近づいてきた。かと思うと、手を引かれ、居間に連れ戻された。

窓という窓をタミは開け放ったらしい。もう焦げた臭いは薄まり始めていた。

ソファに座ると、テーブルの方からいい香りがした。タミが温かい紅茶を差し出してくれているのだと分かった。

ティーカップを唇へ運ぶ。

気持ちが落ち着くと、見えない目の周囲が勝手に熱を帯び、やがてじんわりと湿り気を湛《たた》え始めた。

「一人ではできないことがあったとしても、協力する者さえいれば、いずれ可能になります」

タミの声は、横から聞こえてきた。彼女はソファに座らず、床に膝をついているようだった。

「そんなことを学んでほしかったんです」

ティーカップを置き、返す手で涙を拭おうとした。だがその前に、目と頬に柔らかい布がそっと当てられる感覚があった。

タミのハンカチには、気のせいだろうか、どこか懐かしい匂いがこもっていた。香水とは違う。草木の匂いがそのまま染み付いたような自然の香りだ。

「では、今日はそろそろお暇《いとま》します。——わたし、明日も来ましょうか?」

「……お願いします」

「では今度こそ、ご自分だけの力でベランダに出てみてください。火事に尻をひっぱたかれることなく」

「……ええ」

「怖がることはありません。一つ一つ手順を踏めばいいだけです。深呼吸をして、慎重に窓枠に手をかけて、一段高くなっている場所を爪先で探ったら、そこに足を乗せて、ベランダに出ればいいだけです」

「はい」

「それができたら、今度は外へ散歩にでも行きましょうかね。——明日は、このマンションの近くまで来たら電話します。そしたら、わたしに見えるように手を振ってくれたら嬉しいな」

どこで？　それは訊くまでもない質問だった。西条はティーカップを置くと、タミに握手を求めて腕を前に伸ばした。

4

線香のありかを探ったときに、気がついた。昨日までとの微妙な違いに。指先にほとんど埃《ほこり》が触れないことに。

頼んだわけではなかったが、昨日タミは仏壇をそっと拭いてくれたようだった。

線香を探し当て、二つ折りにして香炉に寝かせる。

何秒間か手を合わせてから、テーブルの方へ戻り、ノートパソコンを開いた。

画面が見えないためマウスは使えない。すべてキーボードだけの操作で、体重計の集計ソフトを立ち上げる。

《八月一日、六十一・七キロ。八月二日、六十一・三キロ。八月三日、六十二・〇キロ……》

同時に起動させた音声読み上げソフトが数字を告げていく。それを聞きながら、いささかがっかりした。自分の予想では、ここ一か月のウエイトは、なだらかに下降線をたどるはずだったのだが。

電話が鳴った。

《まもなくそちらに行きます》

タミの声は今日も落ち着いていた。

「桜庭さん、いまどこにいるんですか？」

《もうすぐ西条さんのマンションが見えるところですよ》

「了解しました。では、待っています」

《覚えていますか》

「昨日の約束ですね。もちろんですよ」

受話器を置いて、立ち上がった。

怖くはない。西条は壁を探って窓に近寄り、深呼吸をした。

窓枠に手をかけると、晩夏の乾いた風が吹き込んできた。前髪がサングラスの内側に入り込み、閉じた目蓋の前で忙《せわ》しなく揺れる。それを少し邪魔に感じながら、膝を上げた。

一段高くなっている場所を爪先で探ったら、そこに足を乗せて——。

と、足の裏に何やら冷たいものが触れた。

《……八月十五日、六十二・三キロ。八月十六日、六十一・五キロ……》

足裏に覚えた異変が、全身の感覚を鋭敏にしたせいかもしれない、テーブルの上で喋るパソコンの声がやけにはっきり聞こえるようになった。

何か尖ったものだ。それを踏んだ。棘《とげ》のようなものが、土踏まずのあたりに刺さったのだ。

手をやり、触ってみる。

棘ではない。——画鋲だ。

痛くはなかった。ただ、深々と根元まで刺さった様を想像したときには、パニックに襲われていた。

たまらず窓枠から手を離した。

その手で画鋲を抜き取り、右足を別の場所に下ろした。すると、今度は踵《かかと》のあたりに、先ほどと同じ感覚があった。

ベランダ前の段差部分に、画鋲がびっしりと一列に並べられているのだ——そう悟ったときには、小さな悲鳴を上げていた。

誰の仕業か。

考えるまでもなかった。自分以外に、この部屋に入ったのは昨日の訪問者しかいない。タミ。あれは誰だったのか。自分の前にいたのは、いったいどんな人間だった——。

思い当たる人物が、一人、いや、二人いる。

一人は歩けない。だが手は使える。

一人は腕を失った。だが足に異常はない。

この二人が一人になれば、歩けるし、物を持つこともできる。二人の人間が協力すれば、たいていのことはできるのだ。それが、死んだ家族の復讐であっても。

おそらくブロックの角があるだろう方向に倒れ込みながら、頭に浮かんだものがあった。

週刊誌のでかい活字だ──【二人羽織】。

そして、自分が救急隊員に助け出されたときの様子も脳裏を駆け抜けた。昨日の訪問者もオンブタイ──「おんぶ帯」を使ったのだろうか。

《……八月二十九日、六十二・一キロ。八月三十日六十一・七キロ……》

コンクリートの匂いが鼻腔《びこう》に流れ込んできたとき、パソコンが、もう一件、体重を告げた。

《八月三十日、百二十・〇キロ》

血縁

1

図工の時間に描き切れなかった絵の仕上げに、予想以上の手間がかかってしまった。校門を出たときには、すっかり気温が下がり、通学路の水溜まりが凍り始めていた。

五分ほど歩き、T字路まで来た。自宅へ帰るには西に行った方が近い。だが栗原志保《くりはらしほ》は東の方角に折れた。

背負ったランドセルがどすんと重い音を立てたのは、そのときだった。弾け飛んだ雪が襟首から服の中に入り、思わず肩をすぼめる。

こうも遠慮のない強さで雪球をぶつけてくる相手といえば、同じ学校の中等部に通う姉しかいない。

振り返ると、案の定、そこに立っていたのは令子《れいこ》だった。

「志保、あんた、自分の家がどこにあるのか忘れちゃったんじゃないの？」

T字路から西へ延びる道。その入り口あたりに立っている令子は、ガードレールの上に積もった雪を素手で掬《すく》い取り、二発目の雪球を握り始めた。

「覚えてるよ……」

「じゃあ、どっち？　指をさしてみな」

人差し指を西の方角へ向けた。

「覚えているんだったら、なんでそっちに行くのさ。わざわざ遠回りして帰ることなんかないじゃない」

「でも……」

「でも、何？――あ、そうか。怖いのね、ホームレスが」

西の道を行くと、まず一軒の薬局があり、その先にある角を曲がれば河川敷が広がっている。問題は、川に架かる橋だった。その下に、最近、ボロ板と段ボールで家を作って住みついた人がいるのだ。親や先生からは、危ない人かもしれないから近づいてはいけない、と教えられている。

「大丈夫だよ。お姉ちゃんが一緒に帰ってあげるから。――さ、早くこっちに来な」

言って令子は、二発目の雪球を握る手に力を込めてみせた。

しかたなく彼女の元へ歩み寄った。並んで西へ向かって歩き始める。

「ねえ、あんたがいま欲しがっているもの、当ててみせようか」

「……別にないよ」

「当ててみせようか」

「……うん」

令子は、一箱二百十円で売っているチョコレート菓子の名称を口にした。

「……よく分かったね」

「簡単だよ、それぐらい。志保の好物じゃん。――あたしもね、いま欲しいものがあるんだ。何だと思う？」

見当がつかず、黙り込むしかなかった。

「よく考えてみなって」

「……口紅かな。塗ると光るやつ」

正式にはリップ何とかといったはずだが、よく覚えていない。ただし、先週の日曜日、外へ出かけようとした令子が、それを切らしたと洗面台の前で騒いでいたことは記憶に残っていた。

「正解。グロスっていうんだよ。リップグロス。覚えときな」

「……うん」

「じゃあ、ここに寄っていこうか」

令子は薬局の前まで来たところで足を止め、そこに出ている『ドラッグ吉沢《よしざわ》』の看板を形のいい顎でしゃくった。扱っている商品の大部分は薬だが、文房具や駄菓子も置いてあるので、小中学生が立ち寄ることも珍しくない店だ。

志保は下を向いた。いま財布に入っているのは百円玉一個だけだ。それしか持っていない。店に入ったところで二百十円の菓子を買うことはできなかった。

「お金の心配なら要らないよ。面白い手を考えてあるから。——あのね」

中腰になり、こちらの耳に手を当ててきた令子は、話し終えると、きちんと整列した真っ白い前歯をにっと覗かせた。

「ね。楽しそうでしょ。やってくれるよね」

小さく首を振った。「それって悪いことでしょ……」

「いい子ぶってんじゃないよ。うちら姉妹《きようだい》だろ。流れている血は一緒なの。おんなじ人間っていうかさ、人間がおんなじなんだよ。あたしが悪いやつなら、あんたもそう。おとなしいふりをしていても本性は違う。だから、あんたにもやれるって」

そんなことを言い、令子は持っていた雪球を叩くようにしてさらに握った。雪球は、つるつるに磨き上げられ、白い金属でできているように見えた。あんなものを、もし顔にでもぶつけられたら、鼻や頰の骨が折れてしまうに違いない……。

いつの間にか、震える手で『ドラッグ吉沢』の扉を押していた。

店主は髪の白くなった男の人だった。歳は校長先生と同じくらいだと思う。暇らしく、レジカウンターに新聞を広げている。

店内に足を踏み入れると、彼が眼鏡を鼻までずり下げてこちらに視線を向けてきた。だが挨拶をするでもなく、不機嫌そうな顔でまた紙面に目を戻しただけだった。

少し遅れて令子が店に入っても、無愛想な態度は同じだった。

見たところ、客は、自分たち姉妹以外に誰もいないようだ。

志保は化粧品コーナーに向かった。レジから死角になる位置に身を隠すと、目の前の棚に、令子が指定したメーカーのリップグロスがあった。値札には「１０５０円」と書いてある。

もう一度、いまいる場所が店主から見えない位置であることを確かめ、着ていたダウンジャケットのポケットに、そのグロスをしまった。

緊張し過ぎたせいだろう、店主の横を通り店から出るとき、長風呂から上がったときのように、すっと気が遠くなるような感覚に襲われた。

小走りに店から離れ、角を曲がり、河川敷に出たときには、全身から力が抜けていた。そこで令子を待っているあいだ、ランドセルが重くてしかたがなかった。

2

また欠伸をしたせいで、目の前にあるスパゲッティが涙で滲んだ。

昨晩は、いつ警察の人が家に訪ねてくるかとびくびくしながら、二階の部屋からずっと玄関の様子に耳を澄ませていたため、ほとんど眠れなかった。

「ほら、早く食べないと冷めちゃうよ」

母の声に、志保はフォークを握り直したが、それでも食欲は湧いてこない。

ベーコンとキノコの和風スパゲッティ、帆立のクリームコロッケ、卵入りのシーザーサラダ……。残念だった。三月中旬の土曜日。普段はホームヘルパーとして忙しい母が、久しぶりの休日に、腕を振るってこれだけのブランチを作ってくれたというのに、自分の胃袋がそれをまったく受け付けないとは。

一方、隣の席では令子が、フォークに巻きつけたスパゲッティを早いペースで口に運んでいる。

——交換して盗めばいいんだよ。

昨日の夕方、耳元に聞いた令子の囁き声が、一晩経ってもまだ頭の中で木霊していた。

——小学生はまだ化粧品なんか使わない。だから、あんたがグロスの前をうろついていても、店の爺《じい》さんは、まさか盗むなんて考えない。それと同じで、中学生はもう駄菓子なんか卒業しているから、あたしがチョコを欲しがるとは思われない。だからさ、お互いに欲しいものを交換して盗めば、爺さんには警戒されないってわけ。でしょ？

人のものを盗んでしまった。姉の機嫌を損ねるのが怖かったからとはいえ、絶対にしてはいけないことをやってしまった……。

「お母さん。あたしさ、決めたんだ」クリームコロッケを頬張ったままの口で、令子が言った。「高校を出たらS学園大学に進む。社会福祉学科を受けるんだ。そこを出たら、お母さんみたいに『UI《ユーアイ》』に入るよ」

介護業界では県内最大手の『UIしあわせサービス』に、ヘルパーとして勤務する母の紀子《のりこ》は、令子の言葉を受けて顔をほころばせた。

「志保もそうするってさ。ね」

黙っていたところ、椅子の脚を蹴られたため、二度ばかり頷いておいた。

「なんか、見えるんだ」

毎年この季節になると見えるような気がするんだ、大学に進む自分の姿が。キャリーバッグに荷物をいっぱい詰めて、それをごろごろ引っ張って駅まで行く姿がさ。まだ四年もあるけどね。ゆっくり歩いていくんだ。生まれ育った土地の景色を目に焼き付けるために――そんな内容の言葉を令子は口にした。

「志保、あんた、ちゃんと見送りに来てよ」

「……うん」

見送りだけで済むだろうか。四年後に令子のキャリーバッグを駅まで引っ張って行くのは、おそらく自分の役目になるだろう。

食事を終えた令子が、バドミントン部の練習があるというので学校へ出かけていった。それを待って、

「遊びに行ってくる」

志保も外へ出た。道路には雪が残っているから自転車は使えない。『ドラッグ吉沢』までは歩いて行くしかなさそうだ。

五百円玉が二枚に、五十円玉が一枚。貯金箱の中から出してきた千五十円分の硬貨は、ダウンジャケットの中で握り締めているうちに、すっかり汗ばんでしまった。

だが、令子から渡されたチョコ菓子の箱は、破けたりへこんだりしてはいない。これなら、まだ十分に売り物になるだろう。

母には何も相談できなかった。どれほど悲しませてしまうかを考えれば、できるはずがない。店の人に面と向かって謝ることも、怖くて無理だ。できるのは、千五十円の現金とチョコ菓子を、そっと店の中に置いて返してくることだけだった。

河川敷の橋が見える場所まで来た。ボロ板と段ボールの家に、ちらりと横目で視線を走らせたところ、ずいぶんひっそりとした様子だった。もう誰も住んでいないのかもしれない。

駆け足で橋の付近から離れ、『ドラッグ吉沢』に通じる角を曲がった。

次の瞬間には、その場に立ち止まっていた。

昨日まであったはずの店が、なくなっている。いや、建っているには建っているが、白かった外壁が真っ黒に変わっていた。入り口のガラス窓は全部割れていて、そこから店を覗くと、棚も天井も黒く染まっている。床にはたくさんの商品が薄汚れた状態で散らばっていた。

走って家に帰り、母に、あの店はどうしたのかと訊ねた。

「放火されたんだって。店をやっていたお爺さんが亡くなったみたい。ほら、河川敷に住んでいた人がいたでしょ。あの人がやったらしいよ」

近所ではもうかなり噂《うわさ》になっているそうだ。そのホームレスが警察に逮捕されたことも、母はすでに知っていた。

3

キャリーバッグの底を地面につけ、長く息を吐き出したところ、すかさず、

「ほら、ぐずぐずしないっ」

前を歩く令子から怒鳴られた。

駅までまだ一キロばかりあるというのに、もうへばりそうだった。

バッグの中には、ノートパソコンと、そして本が十冊以上入っている。重量は二十キ

ロを超えているだろう。だというのに、途中で舗装されていない道を通ったときには、キャスターが傷むからと、転がして引っ張ることを許されなかった。疲れるなという方が無理だ。

加えて、今日は体調がよくない。これは父親のせいだ。娘を送り出す悲しみを紛らわすためか、彼は昨晩、普段口にしない日本酒を何合も痛飲した。

その父が「舐《な》めてみろ」と言うので、生まれて初めて猪口《ちょこ》を手にしてみたが、匂いを嗅いだだけで気分が悪くなり、台所で吐いてしまった。まだ吐き気が抜け切っていないところをみると、自分はアルコールとよっぽど相性が悪いようだ。

河川敷にさしかかった。橋の下には、もう何もなくなっている。

一方、以前『ドラッグ吉沢』があった場所には、いま衣料品店が建っていた。店先ではためく幟《のぼり》には「開店四周年記念セール」とある。四年……。三枚の硬貨を握り締め、あの薬局へ向かったときから、もうそれだけの時間が経ってしまったわけだ。

歩き続けて、ようやく駅の建物が見えてきた。

これでしばらく令子と離れられる。そう思うと足が少し軽くなった。

いまからもう四年経てば、彼女は隣県のS学園大学を卒業し、この土地へ戻ってくるだろう。だが、そのときはちょうど、こちらが高校を出ているタイミングだ。家から遠い場所にある大学へ進めればあと四年、短大でも二年は距離を置いていられる。

途中で高齢者の二人連れとすれ違った。男女で手をつないでいる。おそらく夫婦だろう。

「志保」令子が立ち止まった。「しばらくお別れだけど、約束を忘れちゃいないよね」

約束……？　将来はヘルパーになる、という申し合わせのことだろうと見当をつけ、覚えています、と答えた。

令子は後ろを振り返り、老夫婦の小さく丸まった背中を目で追った。

「こんな年寄りばっかりの田舎じゃあ、ほかにまともな仕事なんてないからね」

自分も母を尊敬している。介護の仕事に就くことに異論はない。ただし職場で令子と顔を突き合わせるのは気が進まなかった。

もっとも、調べてみたところ『ＵＩしあわせサービス』という会社は、県内に二十もの事業所を展開しているようだった。どの事業所もだいたい同じ規模だというから、一緒になる確率は二十分の一だ。よっぽど運が悪くなければ重なりはしない。

そんなことを考えていると、突然令子が、あっと口に手を当てた。「忘れ物をしてきちゃったよ。――すぐ戻るから、あんたは先に行ってて」

「電車の時間は大丈夫？」

そう訊いたとたんに令子の表情に険が走ったため、慌てて付け足した。

「ですか」

——大学生ってもう大人なんだよ。大人に子供がため口をきいちゃ駄目だよね。

S学大の合格通知を手にした令子から、この先は言葉遣いを改めろと暗に強要されたのはわずか二週間前だ。身内に向かって使う敬語にはまだ違和感があった。

「だからすぐ戻るって言ってるだろ」

「急いでください。わたし、駅の待合室にいますから」

「駄目。待合室じゃなくて、横断歩道のところにいて。画面のところ」

「画面？」

「あんた、今日の新聞読んでないの？　ほら、駅ビルの壁にでっかい液晶スクリーンができたって書いてあったでしょ。それが正面に見える位置で待ってて。もし午後六時までにあたしが行かなかったら、携帯から連絡をちょうだい」

「分かりました」

駅ビルを正面に臨む位置まで行くと、なるほど、建物の壁面に液晶の大型画面が設置されていた。そのせいで、あたりの雰囲気が見慣れないものに変わっている。

画面に映し出されているのは、車や家電の、どこかで見たようなコマーシャルがほとんどだった。とはいえ、まだ完成したばかりだ。もの珍しさから、駅ビル前の横断歩道で信号待ちをする人たちは、みな巨大スクリーンに目を奪われている。

横断歩道の前に立ってから十五分ほどもすると、日は完全に落ちた。やがて液晶画面が午後六時のニュースを流し始めたため、ショルダーポーチから携帯を取り出し、令子の番号を呼び出した。

「姉さん、いまどこにいるんです?」

《家を出たところだよ》

「間に合いそうですか?」

《慌てんなって。もし駄目だったら、電車を一本遅らせればいいだけでしょ》

そのとおりだろうが、自分はそれまで待たされることになる……。

と、突然、体に衝撃を受け、視界が大きく揺れた。アスファルトで打った肘に、鈍い痛みが走る。

誰かに背中を押された——そう悟ったときには、車の急ブレーキ音と、タイヤが焼ける嫌な臭いに包まれていた。

4

盥《たらい》に熱い湯を張った。そこにタオルを浸すと、肘が少しだけ痛んだ。

中学生のころ、駅前の横断歩道で、何者かに車道へと突き飛ばされた。その際、尺骨《しゃっこつ》に入ったひびは、うまく癒合しなかったようだ。あれからもうだいぶ経つというのに、手が温度の変化を受けると、まだ急に痛み出す場合がある。

タオルを絞り、志保は電動ベッドのスイッチを押した。リクライニングの角度を変え、教授の上半身を起こし、

「失礼しますね」

彼の着ている寝巻きをめくりあげた。

背中に褥瘡《じよくそう》ができていないのを確かめ、体の清拭《せいしき》に取り掛かる。ところが、全部拭き終えないうちに教授がまたベッドに体を戻してしまったため、彼の背中とベッドのあいだに腕を挟まれてしまった。

「大丈夫ですよ」教授が謝ってくる前に言い、相手の体を傷つけないよう、そっと腕を抜き取った。「イッツ・オーライです。――ところでイッツ・オーライはどう発音すれば英語圏の人に通じるかご存知ですか」

「……知らん」

「一張羅」

斜め横からじっと教授の顔を見据え、その表情が少しでも緩むのを待ったが、相手は仏頂面を崩さなかった。

脳梗塞で体の自由が利かなくなる直前まで、大学で国文学を教えていたという七十八歳になる利用者は、ほかの偏屈老人に比べれば、さほど無愛想な方ではない。だが冗談

はあまり好きではないようだ。

健康には笑いが一番。だから利用者宅を訪問した際は、まず何か面白い話をして笑顔を引き出そう――自ら設けた課題は、だが、ギャグのセンスがそれほど備わっているとは言えないこの身にとって、やはりハードルが高すぎたかもしれない。

溜め息をそっとついたとき、庭にいたパートナーが窓から顔を出し手招きをした。

「志保、ちょっと、いい?」

今日はサービス内容の都合で、パートナーと二人一組になって出張ってきていた。そのパートナー――令子は、庭で植木の世話を担当しているところだった。

二十分の一の確率で姉と同じ事業所に配属されてしまったことには、こんなこともあるかと納得している。だがもう子供ではないのだ、何もコンビとして組ませることまでしなくてもいいだろうに。

「すみません、すぐ戻りますから」

教授に断り居間を出た。玄関から庭へ行くと、令子とは五メートルほど距離を置いて対峙《たいじ》した。

「何でそんなところに突っ立ってんのよ。もっと前に来なって」

一歩だけ近づいた。それ以上、令子のそばに行く気はなかった。

「だから、何でそんなに離れたがるんだっての」

そう言ったあとで、

「ああ、これのせいね」

令子はわざとらしく足元に置いてある瓶に気づいてみせた。

「あんたは、アルコールがてんで駄目だったんだよね」

令子が地面から持ち上げた三百ミリリットルの小瓶には、日本酒のラベルが貼ってある。彼女が言うには「鉢植えに酒を振りかけておくと土の乾燥を防止できる」とのことだった。

だが、令子に近づきたくない理由はそれだけではなかった。

駅前の横断歩道。あの記憶を思い出すたびに、心の中では、突き飛ばしの犯人を「何者か」という言葉で表現してきた。だがそれは、いまでは「令子」の二文字に置き換えられ、定着しつつあった。

通行人はできたばかりの液晶スクリーンに目を奪われていた。目撃者はいなかった。

だが自分には分かる。あの手は令子のものだ。

――もし午後六時までにあたしが行かなかったら、携帯から連絡をちょうだい。

そう言って電話をかけさせたのは、離れた場所にいると錯覚させ、わたしを油断させるためではなかったか。通話の相手が、すぐ背後にいるとは誰も思わない。

やっかいなのは、いまでも彼女が、こちらに対して殺意を抱いているらしいことだ。

令子が大学にいた四年間と、自分が短大に通っていた二年間は、幸い、ほとんど顔を合わせることがなかったため安心していられた。しかし同じ職場になったいま、油断は禁物だった。

事実、入社してからの半年間というもの、首筋のあたりに、令子の発する刃物のような視線をたびたび感じていた。だからなるべく彼女に背中を見せないようにしていたし、向かい合って立つときでも、できるだけ距離を置くようにしていた。

ただ、肝心の理由が分からない。どうしてあのとき、令子はわたしを殺そうとしたのだろうか……。

「何のご用ですか」

「あのさ、面白い話をされて、教授が嬉しがっていると思う?」

「え?」

「本当は嬉しくないんだよ。だって、この世に未練が残るからね。年寄りは、今日明日死のうって身なんだよ。面白い話をされたらもっと聞きたくなる。死にたくなくなる。そうじゃないの?」

令子はただ難癖をつけたいだけなのかもしれない。だがいま彼女が口にした言葉には一理あるような気がした。

どう返していいか分からず戸惑っていると、令子がこちらの足元に酒を振りかけてきた。「で、仕事はどこまで終わったのよ」

一歩退いて答えた。「体の清拭までです」

「ずいぶん時間のかかること。尿瓶《しびん》の交換は？　もうやったの？」

それは姉さんの担当だと思いますが——その言葉があやうく出掛かったが、すんでのところで呑み込んだ。ただ、微妙な表情の変化は悟られてしまったようだ、令子はきれいなアーチを描いた眉毛をぴくりと動かした。

「いますぐやります」

背を向けると、令子の声が追いかけてきた。

「あたしに文句があるなら面と向かって言えばどう？　それとも、帰ってから青木《あおき》さんに泣きつく？」

5

鯵《あじ》の天ぷらが美味しいと評判の和風レストランだった。選んだのは青木だ。魚介類は苦手だが、彼さえ来てくれるのなら料理などどうでもいい。

約束の時間は午後七時だった。十分も前に来てしまったが、店員は嘘のない笑顔で中に通してくれた。

客の入りは六分というところか。案内されたのは窓際の席だった。志保はハンドバッグから手帳を取り出し、ボールペンを走らせ始めた。

一人目には、店のウエイトレスを選んだ。顔の幅は広いが鼻筋は細く通って羨ましいぐらいだ。

二人目には、斜め向かいに座っている女性客を選んだ。額の狭さは難点だが、厚めの唇が印象的だ。

三人目には……。自ら鏡を取り出し、覗き込んだ。頬肉は多めで愛嬌《あいきよう》のある方だろう。鼻の形にも自信がある。だが、顎はもう少し丸くてもよかったかもしれない。

改めて自分の顔を観察し、その似顔絵を描いてみた。ただし、目だけは令子のものにした。すると、がらりと印象が変わり、自分の面影はほとんど消えてしまった。

「うまいもんだね」

その声に振り返ると、すぐ近くに青木の顔があった。腰を折り、こちらの手帳を覗き込むような姿勢をとっている。

青木貞文《さだふみ》。役職はサービス提供責任者。入社以来の上司で、三十一歳の独身。下を向いたとき顎がやや二重になってしまうあたり、もう少し痩せた方がよさそうだが、目元は常に涼しげだった。コントラバスが喋っているかのような低い声も魅力的だ。出会ってから半年になるが、ノーネクタイの姿を見るのは、もしかしたらこれが初めてかもしれない。

——明日、よかったら、夕食を付き合ってもらえないかな。

昨日、令子と一緒に教授の家から事業所に戻り、そっと青木に声をかけられたとき、どうしてあれほど息苦しくなったのだろう。そこまで惚《ほ》れていたという自覚はなかったのだが……。

慌てて手帳を閉じた。

「そんな才能もあったんだ。どこで練習したの？」

仕事で名刺交換したあと、裏に相手の似顔絵を描くようにしているんです。それを繰り返すうちに描けるようになっていました——そう説明するのに、三度ばかり台詞を噛んだ。

「じゃあ今度、これも描いてもらえる？」

青木は自分の鼻に人差し指をあてながら、向かい側の席に座った。すぐに先ほどのウエイトレスが注文をとりに来る。

「志保ちゃんはアルコールが苦手なんだっけ？」

まったく駄目ですと答え、メロンソーダを注文した。

「本当に甘いものが好きなんだね」生ビールをオーダーし、青木は苦笑した。「事業所にいるときもさ、ときどきチョコ菓子をかじっているし」

「はい。悪い習慣だとは思っています」

一度、青木に「ぼくみたいに太るよ」と釘《くぎ》を刺されたが、まだやめるまでには至っていない。

「肥満も怖いけど、虫歯にも注意しなきゃ。ミュータンス連鎖球菌にとって一番の大好物は砂糖だからさ。調べてみたら、この前志保ちゃんが食べていたチョコ菓子一箱には、二十五グラムも砂糖が入っていたよ」

青木の父は歯科医だという。砂糖の害を聞かされ続けて育った、という話は、古参のヘルパーからもう二度ばかり聞いている。

「まあいいや。話題を変えようか」

どうぞ、という手つきと表情を、青木はしてみせた。今度はそっちが何か言う番だよ――そんなジェスチャーだと理解し、志保は口を開いた。「貞文さんというお名前、素敵ですね。平《たいらの》貞文を連想してしまいます」

「誰なの？　それ」

「平安時代の貴族で、中古三十六歌仙の一人です。『平中《へいちゅう》物語』の主人公でもあります。何より美人に目がなく、色好みで有名だった人です」

さも前から知っているかのような口ぶりで言ったが、実は最近になって教授から教えてもらった知識だった。

「美人に目がない色好み、ね。その点は似ていないよ。ぼくは面食いじゃない」

そうだろうか。

「平貞文が、つれない女をあきらめるために、何をしたと思いますか」

青木が首を横に振ったとき、飲み物と突き出しが運ばれてきた。

「答えは？　教えてもらえるかな」

「それはできかねます」

「どうして」

「理由は、ご自分で調べられれば分かると思います」

昔の日本には樋箱《ひばこ》というものがあった。貴族たちが各自で持っていた携帯用トイレのことだ。この樋箱を洗い清める係の者を樋洗《ひすまし》という。平貞文は、その女をあきらめるために、女の樋洗から樋箱を……。この先は想像するのをやめておこう。まして口にはできない。なにしろ、これから食事をしようというタイミングなのだ。

人の清浄無垢《せいじょうむく》とは反対にある部分を目にしてしまえば、その人に寄せていた熱い想《おも》いも少しは冷めてしまうものですよね——そんな意味の台詞を言い、この話題を切り上げると、青木は泡のついた口元に、お絞りを軽く押し当てた。

「ところでさ、ちょっと小耳に挟んだんだけど、あれ、本当の話なの？」

「何のことでしょう」

「志保ちゃん、本当に言ったの？　『もう仕事を辞めたい』って」

頷いた。

同じ事業所のヘルパー仲間のうち特に親しい者にだけ、そう漏らしたことがある。もし令子がこの事業所にいなければ、口にしていなかった言葉だ。

やはり、青木が誘ってきた目的は、この点を確かめるためだったようだ。サービス提供責任者の最たる仕事はヘルパーの統括だ。新米が一人で悩んでいるのに気づいた彼は、職務上、それを放っておけなかったのだ。

二人きりの食事。だからといって、青木がこちらに特別な感情を抱いているわけではない。それは重々承知していたはずではないか……。

萎えてしまいそうになる気持ちを奮い立たせ、口を開いた。「心配をおかけして、すみませんでした。体調が悪い時期があって、あんな弱気な言葉をつい口にしてしまいました。でも、もう大丈夫ですから」

「そう。だったらいいんだけど……」

「仕事は続けさせていただきます」

きっぱりと言い、青木と目を合わせた。あなたがいるから――そんな意を一瞬だけ瞳に込めたあと、手帳を開き、先ほど描いた三人分の似顔絵を彼に見せた。

「ずっと前、何かのテレビ番組で恋人選びっていうのをやっていましたよね」

「ああ、あったね」

「この三人の中では、誰が一番好みでしょうか。青木さん、選んでいただけます？」

青木の指が向けられたのは、三番目に描いた顔だった。

「この顔の、どこが気に入りました？」

「輪郭とか鼻……は、それほどでもないかな。でも目が素敵だよね、すごく」

6

給湯室に立っていると、青木が空のカップを手にして寄ってきた。「分かったよ」

「何がです？」

「ほら、昨日の話さ。平貞文って人が何をしたか」

青木が台に自分のカップを置いたので、志保はスティックの砂糖を一本出してやった。

彼はいつもこれの半分ぐらいをコーヒーに入れる。

「もう一本くれないか」

渡してやると、また「もう一本くれないか」とせがまれた。そんなことが何度か続き、
結局、青木は五本のスティックを自分の手元に置いた。

「……今日は、そんなに入れるんですか」

「ぼくが使うわけじゃない。志保ちゃんに見てもらいたかっただけだよ。――このスティックの容量は一本あたり五グラムだ。それが五本だから二十五グラム。志保ちゃんが好物にしているあのチョコ菓子が、もしも砂糖を排出したら、量は、ほら、こんなにある」

青木は五本のうち四本のスティックを元に戻した。

「これを見せられて、どう？　あの菓子を、いますぐゴミ箱に捨てる気になっただろ」

言って青木は、音符のマークが入ったライトブルーのネクタイに手をやった。

二か月前に開かれた飲み会の席で、もしも「男性に望むネクタイの趣味」などという話題が誰かの口から出なければ、そしてもしも令子が「子供が喜びそうな模様で、明るい色」などと口にしなければ、青木は今日も、以前どおり無地か小紋の控えめなネクタイを渋くきめていたはずなのだ。特に、彼がしているウィンザーノットはやや複雑な結び方だから、柄などない方がずっとよく似合うのだが……。

「いいえ。まだそんな気にはなれません」

「手強いね」自分の席へ戻ろうとした青木は、その途中で顔を横に向け、付け加えた。「倉庫に古い新聞紙が溜まっているんだけど、もし暇だったら、片付けておいてもらえるかな」

頷いて志保は、事業所の裏手にあるプレハブ小屋へと向かった。

黄ばんだ地方紙を束ねているうちに、ある日の第一面に掲載された大きな写真に目が留《とど》まった。駅ビルに設置された大画面のスクリーンを写した写真だった。キャプションには「ようやくお披露目」とあるから、写真に付随する記事では、この液晶スクリーンが完成したことを伝えているのだろう。

新聞の日付は二〇〇四年三月十五日だ。これはまた、何者かに——おそらくは令子に殺されかけた、自分にとっては忘れられない日でもある。

その新聞をひっくり返し、社会面を開いてみたことに他意はなかった。普段の癖が出たにすぎない。新聞はいつも三面記事から読むようにしている。

ざっと眺めてすぐに紙面を閉じるつもりだったが、気がつくと、一つの見出しに視線が吸い寄せられていた。

【四年前の放火事件　服役囚を釈放】

それに続く小見出しは「二〇〇〇年三月に起きた『ドラッグ吉沢』放火事件の犯人は、河川敷にいたホームレスではなかった」と伝えている。

あのホームレスは、外の寒さに耐え切れなくなり、刑務所に入った方がましだと考えていた。そんな折、近所で放火事件が起きた。そこでこれ幸いと、自分がやったと警察に名乗り出た。だがその後、刑務所内で同房者から嫌がらせを受けるようになったため、服役しているのがつらくなり、裁判を担当した国選弁護人に真相を打ち明けた。

ホームレスがすぐに釈放されたのは、自分の無実を証明する証拠をしっかりと隠し持っていたからだ。出火したとき、彼は映画館にいた。その際に受け取った半券を、ねぐらにしていた場所に埋めておいたのだ。また映画館のスタッフからも、入場したのがホームレス本人であるという証言が得られ、この事件は再捜査されることになった——。

そんな内容の記事を三度ばかり繰り返し読んだあと、志保は事務室へ戻った。

時計を見ると、午後四時を二、三分回ったところだった。今日はもう上がっていい時間だ。

机上の電話が鳴ったのは、帰ろうかと腰を上げたときだった。

「はい。ＵＩしあわせサービス車屋《くるまや》事業所です」

《ホーちゃんだね。ちょうどよかった》

新島浪子《にいじまなみこ》の声だった。志保の「保」だけとって、こんな呼び方をするのは彼女だけだ。

「こんにちは。お元気ですか」

《早く来ておくれよ》

「あれ、お伺いする日でしたっけ？」

今日は金曜日だ。浪子の家を訪問する日ではない。それとも、特別に約束をしていたか——。

少し慌てながら、壁に掲げられたホワイトボードに目をやった。各ヘルパーの予定がそこに書いてある。今日のこの時間、自分の欄はやはり空白になっていた。

《違うけれどさ、特別に来てもらいたいんだよ。いますぐに。この前ね、きれいなマンネングサを買ってきたんだ。それを庭に植えてほしいのさ》

この会社では身体介護から家事援助まで、利用者のニーズに合わせたホームヘルプを提供している。

浪子は八十を超えているが、まだ矍鑠《かくしやく》としていた。にもかかわらず家事援助のサービスを利用しているのは、植物と部屋のせいだった。どちらも数が多すぎて、独り暮らしの身では、手入れや掃除の手が回りきらないのだ。

「はい。ですけど……」

サービスを受ける場合、利用者は事前に予約をしておかなければならない。飛び込みの依頼は、緊急の場合以外、受け付けないのが会社の決まりだ。マンネングサを植えるのが緊急の場合に該当するとは思えなかった。

こちらの躊躇《ちゆうちよ》を察してか、浪子は懇願するような口調で付け加えた。《本当言うとね、一人でいるのが怖いんだよ》

怖い？　どういう意味だろうか？

「じゃあ、ちょっと待っていただけますか」

電話を保留にし青木のもとへ行くと、彼は最初からこちらに顔を向けていた。

「新島浪子さんからなんですけど、いますぐわたしに来てほしいそうです。予約はありませんが、行ってもいいでしょうか?」

「何かあったの?」

「いえ、ただの雑用なんですけど……。でも『一人でいるのが怖い』なんて、ちょっと気になるような話も、しているものですから」

青木は眉間に小さな皺を作り、そりゃ心配だな、と呟いた。

「じゃあ悪いけど、行ってもらえるかな。念のため、様子を見てきてよ」

7

「そろそろ休憩したらどう?」

背中に声をかけられたのは、植えたばかりのマンネングサに水をやるため、如雨露《じょうろ》を持ち上げたときだった。

振り返ると、浪子はリビングの前で手招きをしていた。

「さ、ホーちゃん、早く上がって、お茶になさい」

「はい。すみません」

浪子の家は洒落ていて、真上から見ればロの字形になっている。中央が四角い中庭で、その四辺を建物が取り囲んでいるのだ。内側にはぐるりと廊下が走っており、一階ならばどこからでも中庭へ出られるようになっていた。

その中庭は、いろんな種類の植物で埋め尽くされている。ベゴニア、サルビア、マリーゴールド、ニチニチソウ……。そのうちいくつかは、この春先から今日までのあいだに、浪子から頼まれて自分が植えたものだ。

如雨露を置くと、浪子が顔を覗き込んできた。「ホーちゃん、元気がないみたいだね」

「いいえ、大丈夫です」

嘘だった。さっき事業所で見た新聞記事が気になってしかたがないのだ。

いま脳裏には一つの推理が生まれていた。

『ドラッグ吉沢』に放火した犯人は令子ではないのか。

令子はチョコ菓子を盗んだ現場を、店主から押さえられた。「明日になったら学校に連絡する」とでも言われた。そこで夜のうちに火を放った。

幸いというか何というか、すすんで濡れ衣を着てくれる人物がいたから、そのときは切り抜けられた。

だが四年後、事件が再捜査されることになった。今度こそ自分が捕まるかもしれないと不安になった。そこで、事情を知る妹を車道に突き飛ばし、口を封じようとした……。

「そういえば新島さん」

浪子に向かってわざと尖った声を出したのは、胸中に広がった暗い雲のようなものを吹き飛ばそうとしてのことでもあった。

「わたし、前にもお願いしたはずですよね」

浪子が怪訝《けげん》な顔をした。「何てさ?」

志保は二階を指さした。「あれはやめてくださいって」

リビングの真上は浪子の寝室だ。そこからベランダが張り出ている。問題なのは、ベランダの柵だった。幅の狭い手すりの上に、シャコバサボテンの鉢植えがいくつも、ところ狭しと並んでいるのだ。

もしもいま地震でも起きたら、ちょうど自分の頭上に落下してくるだろう。ほとんどが大き目の素焼き鉢で、土が高い密度で詰まっている。頭に当たったら、怪我だけでは済まないはずだ。

「そうだったね。——だけどさ、あそこは一番日当たりがいいんだよ。それに、ベッドに寝たまま眺められるしさ」

叱られたのが逆に嬉しかったのか、浪子はちょっと目を細めながら、そんな言い訳をした。

「でもいけません。危ないですから、あとでわたしが下ろしておきます。いいですね」

「ああ、分かったよ。そんなことより、さ、早く上がって、お茶を飲みな」

頷いて長靴を脱いだ。屋内で仕事をするときに使う、踵のあるホールディングスリッパに履き替え、廊下からリビングに入った。

この部屋も、吊り鉢や壁掛け式のプランターで溢《あふ》れている。草花の呼吸する音が聞こえてきそうなくらいだ。

テーブルにつき、浪子が淹《い》れた茶を飲んだ。本当なら茶を出すのもヘルパーの仕事だろうが、浪子の方が、これだけは自分でやる、と言ってきかないのだからしかたがない。

「ところで、先ほどの電話で『怖い』とおっしゃっていましたよね。あれは、どういう意味なんですか？」

「あたし、昨日ね」浪子は茶を一口啜《すす》り、ゆっくりと息を吐き出した。「殺されそうになったんだよ」

どう言葉を返したらいいのか分からなかった。一瞬、担がれているのかと思ったが、浪子はここまできつい冗談を言ったりはしない。

「嘘じゃないよ。昨日の夕方、散歩に出かけたんだけどね、道路を渡るとき、信号が赤だったから横断歩道の前で待ってたのさ。そしたら、気配があったんだよ。あたしのすぐ後ろに、誰かがすっと忍び寄ってきた気配がね。——かと思ったら、驚いたよ、いきなりこれさ」

浪子は、どん、と言いながら、手の平を志保の方へ突き出してみせた。

「背中を押されたんですか？　車道に」

「そうさ。ちょうどトラックが走ってきたところだった。その真ん前に、突っ転ばされたんだよ。でも運転手さんが早く気づいてくれてね、急ブレーキで、ぎりぎり助かったんだ」

浪子は肩をすぼめて、洋服の襟元をかき合わせた。

「思い出しただけで寿命が縮むよ。トラックが止まったとき、体が半分、車の下に入っちまってたんだから」

「お怪我はなかったのですか」

「膝をちょっと擦りむいたくらいかね。——その事件があったのが、昨日の四時ぐらいだったんだ。でさ、今日も同じ時間になったら、一人でいるのが急に怖くなっちゃってね、誰かについててほしかったんだよ」

なるほど、それでいきなり電話をよこしたわけか。

「押したのは誰なんですか」

「それが分からないから困るのさ。犯人はすぐにその場から逃げちゃったからね。なにせいきなりだったろ、こっちには振り向く余裕なんてなかった。だからあたしの方も、相手の姿をさっぱり見ていないんだよ」

「そうなんですか……」

「でも、あれは女だったね。後ろに立たれたとき、薄く化粧の匂いがしたから、その点は間違いないよ」

女？　それって、もしかして潮美《しおみ》さんじゃないの？

自分は一度も会ったことはないが、潮美については、浪子の口からいろいろと聞いていた。

浪子の一人娘だが、血のつながりはない。浪子が結婚した相手の連れ子だ。その男が数年前に亡くなったあと、潮美はこの家を出て、近くのマンションで独り暮らしを始めたという。

彼女の話になると、浪子の表情は、胃でも痛むかのように歪んだ。

——あのクズが。

潮美はもう四十五、六になるが、仕事を持たず、結婚もせず、父親の遺産で毎日遊び回っているという。

——贅沢《ぜいたく》なもんばっかり食ってるからね、ごろっとして、まるで石臼《いしうす》さ。

潮美の体形を、浪子はそんな言葉で表現した。

——早いとこ、あいつから鍵を取り上げなきゃね。

最近の潮美は、遺産をあらかた食いつぶしたらしく、浪子のいないときを狙っては、この実家に入り込み、金目《かねめ》の物を持ち出しているようだった。

——あいつ、たまに鉢植えを持ってきて、あたしの機嫌をとろうとするんだよ。甘い甘い。そんな手に乗るもんか。

潮美が浪子の飼っていた犬を殺めた、という話も聞かされたことがある。

——ナイフで首を刺したんだよ。鳴き声がうるさいっていうだけの理由でね。餌に毒を混ぜるとかならまだしも、刺し殺すなんて、信じられるかい？　あいつは命の大切さなんて、これっぽっちも考えちゃいないんだ。次はきっと飼い主の方を狙ってくるよ。そうさ、あいつ、あたしが早く死ねばいいと思ってるんだよ。もちろん遺産が目当てさ。継子《ままこ》に継母《ままはは》とはいえ、何年も一緒に暮らしてきたんだからね、目を見りゃ分かるんだよ。あいつは、いまごろきっと、あたしを殺す計画を立ててるよ……。

だから思ったのだ。トラックの前に背中を押した犯人は潮美ではないのかと。

しかし思うだけで、もちろん口には出さなかった。

「あたしはすぐにピンときたよ。潮美だ、いよいよあいつが計画を実行に移したんだ、ってね」

まさか。考え過ぎですよ。表向き、そう返そうとしたところ、浪子が先に言った。

「だけどさ、それも思い過ごしだったみたいなんだよ」

昨日の夕方は、潮美がカルチャースクールで陶芸を習う日だった。そこで浪子はスクールに電話をしてみた。すると講師が出て証言したという。潮美さんは午後四時前後もずっと教室にいましたよ、と。

「つまりあいつには、ちゃんとあったのさ。アリバイってやつが」

ならば潮美は犯人ではありえない。

「でもおかしいよ。あたしを邪魔に思っている人間なんて、あいつ以外に、誰もいないはずなんだけど」

「通り魔が無差別にやった、とは考えられませんか？」

「そうかもね。考えてみりゃ、あの化粧品の匂いには、さっぱり覚えがなかったから、犯人は、あたしのまったく知らない女だよ。巷《ちまた》には妙な連中がいるもんだけどさ、まさか女の通り魔とはね。本当、危ない世の中になったもんだね」

浪子は首を振りながら手近にあった買い物袋を引き寄せた。そこから取り出したものは、ストラップのついた円筒形の物体だった。二本ある。手の平に隠れるくらいの大きさしかないため、印鑑ケースかと思ったが、ラベルに「ＰＥＰＰＥＲ」と書いてあるところを見ると、催涙スプレーのようだ。

「今日の午前中に買っておいたんだよ。ついでにと言ったら言葉は悪いけど、ホーちゃんにもと思ってさ」

浪子は二本のうち一本を差し出してきた。

「せっかくですが」

両手の平を浪子の方へ向け、受け取れないの意を示した。利用者から個人的に物品を受け取ることは会社の規則で禁じられている。

「固いこと言わないで」

「じゃあ、内緒ということでお願いします」

しかたなく、浪子が押し付けてきたスプレーをポケットにしまい、立ち上がった。

「この家にいれば安心ですよ。玄関の鍵は、ちゃんとかけておきましたので。――じゃあ、これからわたしは二階の鉢植えを下ろしてきます」

「悪いね。そうしてもらえるかい」

老女は肩で大きく息をしてから、茶をずずっと啜った。

8

しゃがんだ姿勢でタオルを顔に押し当てた。

シャコバサボテンの植木鉢をまた一つ、手すりの上からベランダの床に置いたところだった。思った以上に重量があり、まだ五つしか下ろしていないうちに、もう額から汗が流れ落ちてきた。

六つ目の鉢を手にした。植えられているのはほかと同じくシャコバサボテンだが、鉢の形が浪子の趣味とは違い、角形だった。おそらく潮美が継母の機嫌をとるために持ってきたものだろう。

そう思った次の瞬間だった。急に気分が悪くなり、体がぐらりとよろけてしまった。その場に倒れそうになったところを、どうにか踏みとどまる。ただ、肩に軽い衝撃があった。七つ目の植木鉢にぶつかったらしい。

その鉢が柵の外側へぐらりと傾いたのを、目の端に捉えた。

中腰のまま慌てて手を伸ばし、摑もうとした。

無駄だった。土がいっぱいに詰まった素焼きの鉢は、片手で支えられるほど軽くはなかった。縁《へり》に指先が引っ掛かったものの、その感覚はすぐにするりと消え去ってしまった。

間を置かず下の方から、ゴッと鈍い音が聞こえてきた。

「やば」

久しぶりのミスだ。浪子に叱られるだろうか。それとも、日ごろの真面目な仕事ぶりに免じ、ここはお咎《とが》めなしで済むか……。

そんなことを考えながら、志保は立ち上がり、中庭を見下ろした。

視界が揺らぎ、息が詰まった。

見下ろした先に、人が――浪子が、うつ伏せになって倒れていたからだ。

その足元には、シャコバサボテンと土を地面にぶちまけながら、植木鉢が転がっている。

何が起きたかは明らかだった。いま落とした物が、ちょうど中庭に出ようとしていた浪子の脳天を直撃したのだ。

いったん目をきつく閉じ、また開いた。

やはり老女の姿は消えず、そこにとどまっている。ぴくりとも動かずに。

9

薄手の靴下を通して、尖った小石が容赦なく足の裏に食い込んできた。だが、痛いと感じている余裕などなかった。

廊下から中庭に飛び降りてみたところ、浪子の両目は、地面の蟻《あり》でも観察しているかのように大きく見開かれていた。

軽く土を被った横顔に向かって、名前を呼んでみる。

返事はなかった。

仰向けにして、服の上から心臓の部分に耳を当ててみた。

鼓動していない。

口と口を合わせ、息を吹き込んだ。その合間に、手の平を胸に押し当て、圧迫を加えた。

それでも息を吹き返さない。

浪子の両肩を持ち前後に揺さぶった。殴りつけるようにして胸を叩いた。

これも無駄だった。明らかに老女は死んでいた。

自分の髪の毛を両手で摑んだ。耳鳴りがして、喉の奥から嗚咽《おえつ》が勝手に漏れた。

立ち上がり、ズボンのポケットから携帯電話を取り出した。だが消防署の番号が分からなくなっていた。１０４か、１１０か、それとも９１１だったか。

何度かでたらめな番号にかけたあと、ようやく正しい数字を思い出した。１を二回押し、小刻みに震える親指を９に持っていく。そのときだった。

「志保」

誰かに呼ばれ、体が勝手に跳ね上がった。端末を取り落としそうになる。

その声は、中庭を挟んでリビングの向かい側から聞こえてきた。携帯を摑み直しながら、そちらへ目をやった。

廊下に人影がある。

それは令子に違いなかった。

黒いＴシャツに同じ色のワークパンツ。動きやすい服装をした令子は、小走りに廊下を半周し、リビングの前までやってきた。

そのあいだに脳内では疑問が噴出していた。

いまの見てたの。どうしてここへ。わたしをどうする気——。

しかし、何から訊いたらいいのか整理ができず、口を半開きにしたまま立っているしかなかった。

令子も中庭に下りてきた。そして浪子の横に片膝をつき、手首の脈をとってから静かに言った。「死んでる」

「姉さんが、どうして、ここに」

「あんたの仕事を手伝いに来たのよ。新米の妹をできるだけ助けてやる——姉として当たり前のことでしょ」

「いまの、見てたんですか」

令子は、持っていた手首を放り投げるようにして地面に戻した。「見てた。全部ね」

「じゃあ、分かりましたよね。これは事故だってことが」

あんた、わざと殺したね、などと令子が言い出したりはしないか。わたしを陥れるために……。震える声で確認を求めたのは、そんな警戒心がとっさに働いたせいだった。

「ええ。たしかに事故だった」

「だったら、証言もしてくれますよね。いまから救急車を呼びますから」

「いいえ。それはお断り」こちらの戸惑いをよそに、令子の声は落ち着いていた。「しまって」

何を言われたのか分からなかった。

「その携帯よ。しまいなさい。だって救急車を呼んでも無駄でしょ。もう死んでるんだから」

「で、ですけど、一応連絡だけはしないと。それから警察にも――」

「まさかあんた、これを誰かに知らせるつもり？」

「もちろんです」

「ちょっと待ってよ。いいの？　事業所がどうなっても。――それに、あんた、青木さんに気に入られたいんでしょ？」

二重顎と涼しげな目元が頭に浮かんだ。部下の不始末は上司の責任だ。自分の統括するヘルパーが、こんな不祥事を起こしたとなったら、彼は、左遷されたりクビになったりしないか。

「ね、だから、ここは現場を偽装するしかないの。あんた以外の誰かが、この婆《ばあ》さんを殺したことにするのよ」

「だけど、そんなこと……」

「見てよ、この造り」令子は中庭を囲んだ家屋に沿って、ぐるりと首を回した。「不幸中の幸いってやつだよ。これなら外からまったく中が見えない。つまりこの事故は、誰にも目撃されていなかったってこと。あたし以外にはね。だから、あたしたち次第でどうにでもなるのよ」

「無理です。偽装なんて」

「できるって。いい？　まず、これを片付ける」令子は地面に転がった鉢とサボテンを指さした。「それから、婆さんの死体をリビングにでも運び入れて、別な植木鉢で、もう一度頭を叩くの。そして家中の抽斗《ひきだし》を開けて、金目の物を適当に盗んでおけばいいのよ。あとは、ガラス窓を一箇所壊しておしまい」

「それって、もしかして……」

「そう。強盗が入ったように見せかけるわけ。だってここ、ずいぶんとお金のありそうな家だもの。しかも婆さんの独り暮らしときたんじゃあ、押込みに狙われない方が不思議ってもんでしょう」

「だけど、わたし、できません。そんな、もう一度叩くなんて」

「あれ。あたし、あんたに命令したっけ？　やれ、なんて」

「じゃあ誰がやるんです？」

令子は自分の人差し指を自分の胸元に突きつけ、薄く笑ってみせた。

「だったら、わたしは、何をすればいいいんですか」

「決まってるじゃない。いますぐ事業所に帰って、普段どおり報告書を作るの。青木さんやほかのヘルパーさんたちの前でね」

アリバイを作れ。令子はそう言っているのだ。

「なんでもないふうを装って、普段どおりに振る舞うこと。いい？」

「……分かりました」

「そのあいだに、あたしがここに残って、いま言ったとおりの偽装工作をやる。それを終えたら、誰にも見られないようにそっと立ち去る。ただし出て行く直前に、この家から警察に無言電話をかける。そして受話器を婆さんの手に握らせておく」

こちらが帰った直後に強盗が入った。それに気づいた浪子が、そっと一一〇番に連絡した。だが、いざ喋ろうとしたところを運悪く見つかり、頭を殴られて死んだ――そういう筋書きらしい。

「その一一〇番があった時間に、あんたは事業所にいるんだから、アリバイができる。もちろん警察からはいろいろ訊かれるでしょうけど、『何も知りません』で通せばいい」

「はい。――でも、姉さんは大丈夫なんですか。捕まりませんか」

「あたしが？」令子は、もう一度自分の指を胸元に突きつけ、大仰に驚いた顔を作ってみせた。「どうして。あたしには動機がないんだよ。この婆さんとは知り合いでも何でもないの。そしたら、いったい誰があたしを疑うわけ？」

「……ですよね」

「さ、分かったら、さっさとあんたは帰りなさい。——あっ、でも婆さんを中に運ぶのだけは手伝ってくれるわね」

令子は身を屈め、浪子の首を下から両手で支えるようにして持った。

志保は急いで足の方へ回り込んだ。

10

「お帰り。お疲れさん」

浪子の家から事業所に戻ると、青木が労いの言葉をかけてきた。気さくな声と屈託のない笑顔に接するのが、このときばかりはつらくてならなかった。

「新島さんは、何を怖がってたの？」

「別に、何でもありませんでした。ただ、昼寝をしていて車にはねられる夢を見たそうです。それで精神的に不安になっちゃったみたいです。無理もありませんよね。お歳ですから」

目をそらすな、と言い聞かせながら、でたらめな答えを口にした。

そのあと、ヘルパーたちで共用している机につき、報告書を作り始めたが、たびたび書き損じ、用紙を何枚か無駄にした。

アパートに帰ると、クローゼットから冬用の掛け布団を引っ張り出し、その下に潜り込んだ。事業所を出たときから、体が震えてしかたがなかった。

どうにか落ち着いてくると、床に正座をし、浪子の冥福を祈って手を合わせ続けた。

テレビはずっとつけていた。事件は、日付が変わるころのニュースで報じられた。

《今日の午後六時ごろ、車屋市の民家から無言の一一〇番通報があり、念のため警察官が向かったところ、この家に住む無職の新島浪子さん八十三歳が、室内にあった植木鉢で頭を殴られ、死亡しているのが発見されました。家の中が荒らされていたことから、警察では強盗殺人事件とみて捜査を進めています——》

令子は自ら言ったとおりの行動をとったようだ。それを知ったあとは、体に再び震えが戻り、朝まで一睡もできなかった。

翌日、事業所に顔を出すと、すぐに青木が駆け寄ってきた。

「危なかったね。もうちょっと時間がずれていたら、志保ちゃんも一緒にやられていたかもしれない」

二人組の刑事が事業所に来たのは午前中だった。事務室とはパーテーションで仕切られただけの簡素な会議室で、彼らと向き合った。隣には青木が座った。

一一〇番があった時刻のアリバイが判明すると、刑事たちは一転して態度を軟化させ、質問の矛先を浪子の交友関係へと移してきた。

「被害者に殺意を抱いていた人物に心当たりはありませんか?」

その問いに、顔を知らない二人の女の姿がシルエットになって浮かんだ。娘の潮美、そして横断歩道の通り魔。

だが、「ありません」と答えておいた。

思ったよりも短い時間で事情聴取は終わった。もうお邪魔することはないと思います。口には出さないが、刑事たちの背中がそう言っていた。

逃げ切れる。かすかな手応えに体が軽くなったように感じた。

「来週の火曜ぐらいまでは休んだ方がいい」青木が背中にそっと手を当ててくれた。

「ぼくもずっとここにいたいけど、そうもいかない。何かあったら、この番号に連絡をしてほしい」

これから一週間、北海道へ出張する予定になっているという青木は、十一桁の数字を書いたメモを渡してよこした。社用携帯ではなく個人の番号だった。こんな状況でなければ舞い上がっているところだ。

アパートに帰り、また布団を被ると、一つの疑問と向き合った。

なぜベランダでよろけてしまったのか?

昨日、体調は悪くなかった。なのに、あの鉢を持ったとたん急に気分が悪くなってしまった。それはどうしてなのか。
考えられる理由は一つだった。それで間違いないと思う。なぜなら鼻がしっかりと覚えているからだ。角形の鉢を持ったときに嗅いだ匂いを……。
と、携帯電話のコール音が鳴った。
ディスプレイに「令子」の文字が表示されたときは、出たくないと思うのが普通なのだが、このときばかりはすぐに通話ボタンを押していた。
《あたしの名前が神様にでも見えたみたいね。もしかして、まだ怯《おび》えてる？　それにあんた、ほとんど何も食べてないでしょ》
もしもし。短く応答した一言から、それだけのことをいっぺんに悟られていた。
《ね、そっちの部屋にお邪魔してもいいかな？　見舞いに果物でも持って行くよ》
「……ありがとうございます。でも今日は、まだ頭が痛くて。ずっと寝ていたいんです」
《じゃあ、また電話する。あ、でも電話の音は心臓に悪いか。——だったら、次に出勤したときにでも相談しましょうね》
こちらが返事をする前に、最後の《ね》を刃物で真っ二つにするかのようなタイミングで、令子は電話を切っていた。

11

水曜日に、休みを終えて事業所に出勤した。

令子が給湯室に立ったとき、あとを追いかけ小声で言った。「この前は、電話をありがとうございました」

「いいってこと。――で、見舞いにはいつ行けばいい？」

「いつでもけっこうです。でも果物を持ってきてもらう必要はありません。反対に、わたしがご馳走《ちそう》します」

「そう。嬉しいわね。何を作ってくれるのかな」

「ベーコンとキノコの和風スパゲッティにします。いまも好きですよね」

「もちろんだよ。じゃあ急だけど、今日でもいい？」

志保は自分のスケジュール表を頭に浮かべた。たしか午後二時からは空いていたはずだ。

「大丈夫です。時間はどうしますか」

「あたし、夜からまたシフトに入っちゃうのよ」令子は長い睫毛《まつげ》を伏せ気味にした。

「だから早めのディナーにしてほしいの。四時でどう？」

ディナーと言うには、たしかに早すぎる時間だ。

「分かりました」

「それから、こんなわがまま言って悪いんだけど、あたし、忙しいから一秒でも早く部屋の中に入りたいの。四時きっかりにチャイムを鳴らすから、すぐにドアを開けてもらえない？」

「ええ。じゃあ四時になったら、すぐ食べられるようにしておきます」

その日は軽くデスクワークだけをし、予定どおり二時には事業所を出てスーパーへと向かった。

買い物に手間取ったせいで、レジ袋を提げてアパートに帰り着いたときには、もう三時を過ぎていた。

すぐに調理を始めたが、四時が近づいても、まだスパゲッティは茹《ゆ》で上がらなかった。だが、チャイムの音は予定の時間きっちりに容赦なく鳴り響いた。

コンロの火を止め、玄関口に走った。令子は「すぐにドアを開けてほしい」と言っていたが、一応スコープから覗いてみた。

そこに立っていたのは令子ではなく、見たこともない女だった。

歳は四十代の半ばぐらい。体つきは寸詰まりの円筒形。それを黒いセーターと、同じ色のパンツに、ぎゅっと押し込んでいる。手には革の手袋をはめ、小さなバッグをぶら下げていた。

薄くドアを開け、女に訊いた。「あの、どちらさまで――」

みなまで言い終わらないうちに、女は分厚い体を、ドアの内側にぬっと入れてきた。

たまらず何歩か後ろに下がると、女は濁ったような目をこちらに向けたまま、後ろ手にドアをそっと閉めた。

「何ですか、いきなり。失礼じゃないですか。あなた、誰なんです？」

答える代わりに、女は持っていたバッグに右手を突っ込んだ。

中から出てきたのは鋼色《はがねいろ》の細長い物体だった。刃物だ。しかも大きい。刃渡りは二十センチ近くあるかもしれない。サバイバルナイフというやつだろうか、片側が波状に尖っている。

「ちょっと、それ、何の真似？　何か恨みでもあるんですか」

「ないよ」

思いがけず、女の口から答えが返ってきた。感情のない、事務的とも言える喋り方だった。

「じゃあ、お金でも欲しいの？」

「要らない」

「だったら、どうして？　わけが分からない。理由がないんだったら、こんな真似はもうやめて。いますぐ出てってよっ」

女はこれといった表情も見せずに、ナイフを逆手に持つと、耳の横に構え、土足で上がり込んできた。

「何なのよっ」

女が息を吸い込みながら、心持ちナイフを後ろに引いた。

ここで志保は驚く演技をやめ、手の平に隠し持っていた催涙スプレーを相手に向けて噴射した。

悲鳴を上げてナイフを落とし、顔を覆いながらどすんと床に尻をついた女の姿は、いつか浪子がそう表現したとおり、なるほど石臼を連想させた。

12

音をたてないように門扉を開け、足音も殺して玄関ドアの前に立った。

【新島浪子】と掲げられた表札。その下に設置されたインタホンのボタンは押さずに、持参した鍵を使ってそっとドアを開いた。

その際、ドア枠のペンキが小さく剝げているのに気がついた。以前はなかった疵《きず》だ。「立入禁止」のテープを剝がした跡かもしれない。浪子の死から一週間が経ち、もう現場保存の必要がなくなったことは、警察ではなく浪子の遺族から聞かされていた。

土間で靴を脱ぎ、持参したスリッパに履き替える。

先週の金曜日、令子もこうして静かに家に入ってきたのだろう。

思い返せば、彼女の現れ方は普通ではなかった。他人の家を訪問する際は、普通、呼び鈴を鳴らすか、インタホンを使うはずだ。だが、あのときチャイムの音は一切聞こえなかった。令子は黙って上がり込んできたのだ。

しかも当時、玄関ドアはロックしておいたはずだった。彼女はどこかで入手した合鍵を使ったということだ。いずれにせよ、あれは訪問とは言わない。侵入だ。

――仕事を手伝いに来たのよ。

そう令子は言った。だが、それもおかしい。わたしが浪子の家に行ったことを、彼女はどうやって知ったのか？　こちらが浪子から「来て」と頼まれたとき、令子は事業所にいなかったはずだ。

だとするなら、令子がこの家に来たのは、わたしにではなく浪子に用事があったからだと考えるのが妥当だろう。

足音を殺して廊下を進んだ。

回廊から中庭を見ると、そこだけ時間がぴたりと止まり、花も草も空気の流れも、完全に静止しているかのようだった。持ち主を失った庭というのは、たいていこんなふうに感じられるものだ。

如雨露とゴミ袋を手に、その庭に下りた。浪子の遺族から、植物たちの世話を引き続き頼まれてよかった。半年も手入れをしてきたのだ。このまま枯らしてしまうには惜し過ぎる。

もう日が沈みかけていた。そろそろ青木がやってきてもいいころだが……。

そう考えた矢先に、

「ごめんください。お邪魔しますね」

玄関の方でコントラバスを思わせる声がして、青木が姿を見せた。空港から直接来たのだろう、出張用の大きなビジネスバッグを手に提げたままだった。

彼に向かって、まず志保は頭を下げた。

《事業所で待機していてくれ》――今日の午前中、青木は、北海道の空港から送信してきたメールでそう指示してきた。だが自分は「浪子さんの家で仕事がありますから」と、ここで会うことを主張して譲らなかった。

その点をまず詫びたつもりだった。すると青木は、気にするなと手を振り、

「ぼくがやるよ」

背広を脱ぎ、こちらの手から如雨露とゴミ袋を奪い取った。

「ところで、何があったの？」

事業所の誰かにだいたいのところは聞かされていても、まだすっきりと事情を呑み込めてはいないらしい、細かく揺れ動く彼の瞳は内心の混乱をよく伝えていた。

無理もないだろう。利用者の一人が強盗に襲われ死亡した。かと思ったら、今度は、部下の一人が女にナイフで襲われた。さらには、その襲撃犯と一緒にもう一人の部下が逮捕されたのだから。

「よかったら、志保ちゃんの口から教えてほしい」

その言葉には、自分の喉を指さすことで応じた。

一昨日の午後四時、やってくるのは令子ではなく潮美に違いないことは、事前に睨んでいた。その潮美が刃物で襲ってくるだろうことも予測していた。だが、すべてが終わったあと、軽い失声症に罹《かか》ってしまうとは考えてもいなかった。心の準備などというものは、実際に体験する恐怖に、とても追いつけないものだと痛感する。

「ああ、そうだったね。ごめん。じゃあ、これを使うといい」

青木は手帳とボールペンを渡してよこした。

白紙のページを開き、そこにまず令子の似顔絵を描いた。

令子の横には、自分の顔を描き、二つのあいだに薄く線を引いてつないだ。「令子がわたしを殺そうとしていた」――そう表現したつもりだった。青木が小さく頷いたところを見ると、意は伝わったらしい。

令子の下には潮美の顔を、さらに潮美の横には浪子の顔を描き、その二人も薄く線でつないだ。

「つまりもう一方では、潮美という女が浪子さんを狙っていたんだね」

青木の言葉に頷き、「=」の状態になっている二本の線の上から、重ねて濃く「×」の形に線を描くと、今度は令子と浪子がつながり、潮美と自分が結ばれた。

「……交換殺人、ってわけか」

「ええ」

無理して発音してみたところ、だいぶ掠れてはいるが、声らしきものは出た。

令子にとって、この家に侵入して果たさなければならなかった用事とは何だったのか?

簡単だ。相手の背中を突いて車の前に押し出してやるという、彼女ならではの手口を考え合わせれば、答えは明らかだろう。

浪子を殺しに来たのだ。それが令子の用事だった。

角形の鉢。あの土には、おそらく酒が振りかけられていた。急に気分が悪くなった理由はそれしか考えられないし、事実、あのとき嗅いだのは日本酒の匂いだった。「鉢植えにアルコール」も令子独特の技だ。それが潮美の持参した鉢に仕込まれていた。ならば二人の女には接点があったとみていいだろう。

彼女たちはどこかで出会い、そして知った。互いに邪魔な相手がいることを。そこから先のやりとりもまた、いまとなっては容易に想像される。

——面白い手があるよ。こうしない？

令子が潮美に持ちかける。

——あなたがどこかでアリバイを作っているあいだに、あたしがあなたの継母《かあ》さんを消す。その代わりに、あとから、あなたがあたしの妹をやるの。

潮美が同意し、互いに殺しの義務を負い合うと、まず令子がトラックの前に浪子を突き飛ばした。だが失敗。令子は潮美に弁解したことだろう。

——心配しないで。次こそ決めるから。あなたの実家でね。

ところが、侵入した先では、さらに予想外の出来事が待っていた。先にわたしが来ていて、しかも浪子を死なせてしまうという出来事が。

浪子の死という所期の目的が達成されたとはいえ、令子としては、あの事故を公にするわけにはいかなかった。

当然だ。浪子を死なせたのは志保という別な女であり、令子は自分の義務を果たしていないからだ。そのことが潮美にバレてしまったら、潮美だって義務を放棄してしまうに違いない。

だからわたしを丸め込んで、強盗のせいにした。あれは世間の目から見れば強盗の仕業だった。しかし潮美の目にだけは令子の仕事だと映った。こうして潮美が仕事をする番になった――。

それだけの内容を筆談で青木に伝えるのに、三十分ほども要してしまった。だが、意中の相手とできるだけ長い時間を一緒に過ごせたことを思えば、声が出せない不便さもそれほど悪いものではない。

「それにしても、危ない橋を渡ったね。自分を殺しに来た人間と対決するなんて」薄らと汗をかき、青木はネクタイを緩めた。「気づいていたのなら、遠くに逃げればよかったのに」

その言葉には首を振った。

逃げてしまったら二人の犯行を立証しづらくなる。潮美を逮捕し、彼女の口から令子の企みを吐かせるのが、姉の本性を暴くのに一番早くて確実なやり方だった。

「風を、通しておいた方が、いいですね。この部屋」

相変わらずの掠れ声で言い、青木の前でリビングの扉を開けた。

浪子の遺族は、まだ特殊清掃業者に現場の始末を依頼していなかった。床に薄らとばら撒《ま》かれた土は、いまだに人形《ひとがた》の輪郭を描いて残っている。

ふと思った。「浪子を死なせたのは自分ではなく妹だ」――いま留置場にいる令子が、そう主張し始めたら、どうなるだろうか……。

彼女の言うことなど、警察はまず信じないだろう。とはいえ万が一、全容が明らかになってしまう場合も考えられる。だとしたら、早めにこちらも、放火事件の真相を知っているぞと牽制《けんせい》しておく必要はあるかもしれない……。

軽い吐き気でも催したか、それとも、樋洗から樋箱を奪って中身を覗き込んだ平貞文と同じ心境にでもなったのか、令子の作った現場を目の当たりにし、青木は音符柄のネクタイを外すと、ゴミ袋に放り込んだ。

それでいい。

彼に贈る代わりのネクタイはすでに買ってある。ダークブルーの無地だから、ウィンザーノットがよく映えるはずだ。

ラストストロー

1

午後六時少し前に、芹沢伸作《せりざわしんさく》はバスを降りた。

市道をしばらく歩き、途中から農道に折れる。目的地とは違う方向だから、少しだけ遠回りをするかたちだ。

両側に畑が続く道を進み、ある一角に来たところで足を止めた。

目の前の畑には、コンクリートの瓦礫《がれき》や、使い物にならなくなった木材が、堆《うずたか》く積み重ねられている。その周囲に散乱しているのは、古タイヤやホースの類だ。

まとわりついてくる蠅《はえ》と蚊を手で払いながら足早に市道へ戻ると、続いて目に入ったのは、電柱のそばに停車した一台のパトカーだった。

年配と若手の警察官が、ペンチを片手に何やら作業をしている。用済みになった看板を取り外しているようだ。

【ここでひき逃げ事件が発生しました。目撃情報をお寄せください。発生日時・八月三日二十三時三十分ごろ　連絡先・S警察署交通課】


看板に書かれた文面は、そうなっている。

この事件については、発生当初から、テレビのニュースで知っていた。被害者は四十代の主婦。道路を横断しようとして、乗用車にはね飛ばされたのだ。

彼女を救護したのは、その場を通りかかったコンパ帰りの大学生だった。だが学生は、応急処置に気を取られていたため、現場から逃走した車のナンバーを見ていなかった。

「お疲れ様です」

ハンカチで汗をひと拭いしたあと、芹沢は若い方の警官に声をかけた。

警官が振り返った。右目の下に大きな黒子《ほくろ》がある。見覚えのあるその顔に向かって、芹沢は訊いてみた。

「解決したんですか、この事件は」

発生から一か月以上経つが、犯人逮捕の知らせは聞いていなかった。しかし、未解決だとしたら、こうしてさっさと看板を外してしまうはずもない。

「ええ。今日の昼間、犯人が出頭してきたんです」

——出頭。

その言葉を耳にした瞬間、芹沢の指先に鈍い感覚がよみがえった。八年と三か月前、白い手袋をはめた手で一つのボタンを押したときの感覚だ。

「はねられた女性は、いまどんな具合ですかね」

被害者の安否にしても、発生当初に「意識不明の重体」と報じられたのを目にしたきりだった。

「幸い、回復に向かっているそうですよ」

「そうですか。どうも」

警官に軽く会釈し背を向けた。その際、右手が無意識に動き、敬礼をしていた。元刑務官という職歴のなせる業《わざ》だ。六十の定年で退職してから五年経ち、刑務官から保護司へと肩書きを変えたいまでも、ついこんな反応をしてしまう。

またしばらく歩き、寂れた市街地に入った。

次に芹沢が足を止めたのは、一軒の小料理屋の前だった。ドアにはまだ「準備中」の札がぶら下がっている。

構わずに、『こずえ』と染め抜かれた店の暖簾《のれん》をくぐり、ドアを開けると、カウンターの向こう側で和服姿の梢江《こずえ》が顔を上げた。

「いらっしゃい」

「やあ、お邪魔するよ」

入り口付近のカラーボックスからスポーツ新聞を一部抜き取り、一番奥のテーブル席に向かった。毎月七日の午後六時。座るのはいつもこの席だ。もう八年以上続いている習慣だった。

カウンターの前を通ると、梢江が声をかけてきた。

「芹沢さん、急にお痩せになりましたね」

「そうかい？　おかしいな。近ごろはもっぱら、テレビの前で寝転がってばっかりいるから、太りこそすれ、痩せるはずはないんだがな」

芹沢は、そんなふうにとぼけてみせた。たしかに、この一か月ばかりのあいだに、頬がこけ、体重も減った。それは承知している。だが痩せたのではない。やつれたのだ。

「それはそうと、珍しいこともありますね。今日は芹沢さんが一番乗りですよ。米橋《よねはし》さんも外塚《そとづか》さんも、まだ見えていないんです」

梢江の言うとおり、店内に二人の姿はなかった。

自分が待たされる立場になるのは初めてかもしれない。三年下の米橋誠《まこと》と、六年下の外塚紀夫《のりお》。二人の後輩が、先輩である自分よりも遅れて来ることなど、過去一度もなかったはずだ。

「お二人とも、どうなさったんでしょうね。特に今日は『七日会《なのかかい》』の百回記念日なのに……」

梢江の言葉に、芹沢は店のカレンダーへ目をやった。思ったとおり、今日、九月七日の下に、小さく「100」という数字が、梢江の字で書き入れてあった。

席に着き、スポーツ新聞をめくりながら、今度はこちらから梢江に話しかける。

「この前ひき逃げがあったろう。ほら、ちょっと西に行ったところの市道で」

「ええ」

「あれ、犯人が警察に出頭したそうだよ」

「へえ、そうなんですか。――じゃあ、これはもう要りませんね」

梢江はカウンターから出ると、店内の壁に掲示してあったチラシを剝がしにかかった。同事件の情報提供を呼びかけるチラシだった。

「出頭とか自首とか、そんな言葉を耳にするとね、ついつい考えてしまうよ。彼も同じことをしてくれたらよかったのに、なんてね」

「彼って誰です？」

言ったあと、梢江ははっとした表情を見せた。

「そう。あの彼だよ。八年三か月前まではこの世に生きていた殺人犯の男さ。彼とはたまに、鉄扉を挟んで話をしたけど、ずいぶん迷ったそうなんだ。出頭するか、それとも逃げ続けるかでね」

芹沢はスポーツ新聞をめくり続け、地元の求人欄を探し当てた。

「どうやら、一度は観念して、交番の前まで行ったらしい。でも、踏ん切りをつけられなかったんだな、入り口の前を行ったり来たりしたあげく、結局、引き揚げたんだそうだ。それからしばらくして、空き家に潜伏しているところを、刑事に捕まったんだよ」

口を動かしながら、求人欄に目を走らせる。

注意がいったのは、【トラック運転手急募／年齢不問／月給20万円から】と書かれた枠だった。

一昨日出所してきたあの若い男、たしか大型の免許を持っていたはずだ。服役中に失効していなければ、この仕事を紹介してみるか……。

「残念だと思ったよ。勇気を出して交番に入ってほしかった。彼の背中をぽんと押してくれる人が、誰かいなかったもんかな。もし出頭していれば、判決で無期に減刑されていたかもしれないんだが」

「裁判には情状酌量というものがありますからね」

「ああ。そしたら、わたしも、米橋も、外塚も」

あのボタンを押さなくて済んだはずなのだ……。

芹沢は目を閉じた。

ほどなくして脳裏に浮かんだのは、四角い小窓だった。それに顔を寄せている自分がいる。

八年前、六月七日の朝に見た光景だった。

点呼前の午前七時。拘置所に出勤し、まだ誰も来ていないだろうと思いながら事務室へ入ろうとした。

その直前に足を止めたのは、入り口ドアに設けられた小窓の向こう側に、米橋と外塚の姿を見つけたからだった。

二人は会議用の小さなテーブルを挟み、向かい合って座っていた。米橋は普段と変わらない様子だった。しかし、外塚の方は顔色がよくなかった。

米橋が外塚の肩に手を伸ばした。制服に糸くずでもついていたらしい。それをつまんだあと、軽く払ってやってから、何事かを囁いた。

外塚は小さく頷き、立ち上がった。そして、茶を淹れるためだろう、給湯室の方へ歩いて行った。

それを機に、自分も事務室へ入った。

「いま何を喋ったんだ、あいつに」

小声で米橋に訊いてから、給湯室にいる外塚へ視線をやってみせた。

「別に特別なことじゃありません。今日はお互いしっかりやろう――それだけです」

「そうか。で、しっかりやれそうか？」

これから刑場で果たさなければならない大役を、あの顔色で無事に果たせるのか不安だった。

「ええ。大丈夫ですよ」

米橋の答えに、給湯室から顔を戻した。ずいぶん自信たっぷりに言うじゃないか。そう目で問いかけると、米橋は手にしていた小さな紙包みをこちらに掲げてみせた。

「これ、さっき外塚くんにもらったんです」

「何だい」

「『うずとう』です」

聞けば、「烏頭湯」といって、痛風に効く漢方薬だという。

それで米橋の見せた自信に納得がいった。

農業を営む米橋の父親が、何日か前から入院していることは聞いていたからだ。その原因が痛風の悪化であることも。

つまり、これからたいへんな仕事をしなければならないというとき、外塚には、先輩の親を気遣うだけの余裕があったわけだ。だから米橋は大丈夫と判断したのだろう。

そういえば外塚の父親も、高齢で介護が必要になってきたようだ。だからこうした心配りができたのかもしれない。

そんなことを考えてから約二時間後だった。ボタンの並んだ壁の前に、三人で立ったのは……。

再び、指先に鈍い感覚がよみがえったとき、こみ上げてきた涙のせいで求人欄の活字がぼやけた。その直後、今度は動悸《どうき》がして一瞬にして全身が汗ばんだ。

この数年間服用し続けてきたうつ病の薬は、副作用の眠気が酷くなり、去年ついにやめてしまった。だが、それはもしかしたら、早まった判断だったのかもしれない。

2

梢江がこちらへやってきて、テーブルにお冷《ひや》とおしぼりを置いた。

「芹沢さん。あなた方には、一切責任はありませんよ。だってお仕事だったんですから」

「分かってる」

涙を梢江に悟られないよう、顔を拭くふりをしながら、おしぼりを目頭に当てる。その姿勢のまま深呼吸をしていると、少しずつ拍動も落ち着いてきた。

「ところで芹沢さん」

梢江の呼びかけに、ん？　と訊き返すと、彼女は、「この話、してもいいかしら……」と独り言のように呟いた。

「常連客に遠慮は要らんだろ。何だい」

じゃあ、と小声で前置きしてから、梢江は口を開いた。

「息子さん、どうなりました？　もう釈放されたんですか」

芹沢はおしぼりを使う手を止めた。

息子が警察に逮捕されたことを、彼女は知っている。なぜだ。新聞には載らなかったはずなのに。誰から聞いた？

いや、それは愚問か。こういう商売をしていれば、町の噂などいくらでも客の口が届けてくれる。

「いいや、まだ留置場にいるよ」

「容疑は何でしたっけ。何とか……処理……そんなふうに聞いたんですけど」

「廃棄物処理法違反。捨てちゃいけないところにゴミを捨てたんだ。いわゆる不法投棄ってやつだね」

「もしかして、場所はそこの畑ですか。ひき逃げ事件のあった現場のすぐ近くの。瓦礫とかタイヤとか、いろいろ捨ててある」

「そう、あそこだよ。さっき、ここへ来る途中にちょっと見てきたんだが、いまもまだ片付いていない状態だった。まったく、とんだことをしてくれたよ」

「でも、息子さんだって、ある意味、被害者だと思います。だって、勤め先の社長に命令されて、やらされたんでしょう？」

頷いた。梢江の表情からして、社長も逮捕されたことは、わざわざ付け加えるまでもなさそうだ。

「でも、その社長は、何であんなことをしたんですか?」

「町の北部地区に持ち上がっている計画は、もちろん女将《おかみ》さんも知っているよね?」

「はい。近々、大きなショッピングセンターができるとか」

「そう。建設予定地の地権者は、全部で五十人ぐらいになるけど、そのなかに一人だけ、土地を売らないと頑張っている人がいる。これも誰だか知ってるだろ?」

「ええ」

「彼の実家は農家で、北部地区以外に、この西部地区にも少し畑を持っている。それがあの現場なんだ。つまり、嫌がらせが目的さ。社長はショッピングセンター建設推進派の旗頭《はたがしら》だからね」

「警察に通報したのは、芹沢さん自身だって聞いたんですけど、本当ですか」

「そうだよ。犯行の直後から、わたしは息子が犯人だと知っていた。というのはね、当の息子自身が、社長から命令されてやった、とわたしに打ち明けたからなんだ。四十五のときにやっとできた一人息子でね、建設会社の社員とはいっても、二十歳そこそこ、まだ子供だ。だから怖くなったんだろうな、泣いて震えながらの告白だったよ」

頷く梢江からいったん視線を外し、芹沢は、そうだ、と独《ひと》り言《ご》ちてみせた。

「いずれ女将さんの耳にも入るだろうから、いまのうちに自分から白状しておくか。あとから知られたんじゃ、隠したみたいで格好悪い」

　梢江が、何です？　という顔をしてみせる。

「息子の犯行は七月の末だった。そして、もう次の日には、警察がうちに聞き込みに来て、あいつのアリバイを調べていったんだ」

「警察も、だいたい犯人の目星をつけていた、ってことですか」

「だろうね。――で、そのとき、わたしはこう答えたんだ。『昨日でしたら、息子はずっと家にいましたよ』って」

「……つまり、嘘をついたんですね」

「そう。我が子可愛さに偽証したのさ。犯人をかばったんだ。今月の初めに息子を突き出すまで、アリバイを偽証して、八月中のまるまる一か月間、その嘘をずっとつき通していたんだ。そのあいだ、ずっとわたしもあの事件の共犯者だったってわけだ」

　まあ、と梢江は囁くように言った。「でも、芹沢さんご自身は、逮捕されたりしなかったんですか」

「されなかった。観念してたんだけどね」

　通報した際、犯人を隠避させた咎《とが》で、自分の身柄も拘束されるだろうと覚悟はしていた。そして、覚悟すると同時に気になったのは「七日会」のことだった。もし拘束されれば、「七日会」の百回記念日に出席できるかどうか定かではなかった。

八年前の六月七日。殺人犯の男に死刑を執行したその日以来、米橋と外塚とは、毎月七日には、必ず『こずえ』に集まって顔を合わせている。

執行のボタンを同時に押した三人のあいだで、退官したいまでも続くその会合——通称「七日会」は、自分にとって決して疎《おろそ》かにはできないものだ。無断で休むわけにはいかなかった。

だから警察へ行く前に、会の幹事である外塚に電話をかけ、事態の一切を伝えておいた。

だが結果的には、逮捕も留置もされなかった。

「考えてみれば、犯人隠避の罪は、親族には適用されないんだね。わたしは、半日間だけ任意の事情聴取を受けて、あとは放免ってことになったよ。だからこうして、今日もここに来ることができたわけだ」

梢江はじっとこちらの顔に視線を当てたあと、また小刻みに頷いた。目の前にいる常連客が急に痩せた理由に、改めて合点しているのかもしれない。

「息子のためとはいえ、本当に悪いことをしたと思っている。しかしね、こんな話は序の口なんだ」

「え？」

「アリバイの偽証なんかとは比べものにならないほど重い罪を、わたしは犯しているんだよ。——ちょっと座ってくれないか」

向かい側の席を指さした。そこに梢江が腰掛けると、芹沢はおしぼりを置いた。

いま梢江が息子を話題にしてくれたのは、渡りに船だった。おかげで、この話を切り出しやすくなった。

「女将さん、わたしはまたやってしまったんだ」

「何をです」

「人殺し」

梢江は口を半開きにしたまま固まった。

「な、なんですか、藪《やぶ》から棒《ぼう》に。びっくりするじゃありませんか。そんな悪い冗談、芹沢さんには似合いませんよ」

「本当なんだ。今度は刑務官としてじゃない。一個人として、わたしは人を殺めてしまったんだよ」

「それは聞き捨てなりませんね。いったいどういうことなんです？　詳しく教えてください」

「二週間前にね、これがわたしの家に届いたんだ」

芹沢は懐から封書を取り出し、中から一枚の便箋を引き抜くと、それを梢江の前に置いた。
内容は、もう一字一句頭に刻み込まれている。したがって、
【もう、どうしていいか分からなくなりました。多くの人に迷惑をかけたことは事実ですから、私なりに責任を取らせていただきます】

水性のサインペンでそう走り書きしてある文字を、いまさら読み返す必要はなかった。

「これを書いた人は、いま行方が分からなくなっている。失踪したんだ」

「でしたら、この手紙は、文面からして、たぶん……」

遺書ですね、と言った梢江の声は、少し掠れていた。

「そう。その人に、これを書かせてしまったのが、わたしなんだよ。だからわたしは人を殺したことになるんだ」

瞳を落ち着きなく泳がせ始めた梢江に、芹沢は重ねて言った。

「女将さんは、ラストストローって言葉を知っているかい」

「ラス……。何ですって？」

「ラストストローだよ。日本語にすれば、最後の藁《わら》だ」

「さあ……。たぶん初耳です」

「これはね、『どれほど頑丈な駱駝《らくだ》の背中でも、いっぱいまで荷物を載せてしまえば、あとは藁を一本追加しただけで折れてしまう』といった英語のことわざから生まれた言葉らしい」

何を聞かされているのかピンとこない様子の梢江を前に、芹沢は水を一口飲んでから続けた。

「いいかい、女将さん。例えばね、不況のせいで、この店の経営がうまくいかなくなったとするよ。赤字続きで、すでにどうしようもない状態に陥っているんだ。そう仮定してみよう」

「嫌な譬え」

「まあ続きを聞いてくれ。——だけど、亡き夫から受け継いだ大事な店だ。そう簡単に畳むわけにもいかず、女将さんは相当な無理を重ねながら営業を続けている」

「ええ」

「そんなとき、八年も通っている常連客のわたしが、そっと女将さんの肩に手をかけ、『もう十分だよ』なんて具合に、優しく囁いたとしたら、どうだい？　がくっと気持ちが折れて、店を仕舞《しま》う決心がついた、なんてことにならないか」

「……ええ。まあ、そういう気持ちにも、なるかもしれませんね」

「だろ。これなんだよ。いまの譬え話で、わたしのやったこと、言ったことが、ラストストローなんだ。つまり、何ていうかな、『一線を踏み越えさせる最後の駄目押し』とでもいった意味さ」

「それは分かりました。でも、そのラストストローという言葉と、この遺書が、どう関係しているんです？」

「これを書いた人はね、わたしには逆らえない立場にあったんだ。そして、いまの譬え話でいう女将さんと似たような状態にもあった。つまり、精神的にだいぶ追い詰められながら、あるものを守るために必死だったんだよ。そこへ、わたしが余計な首を突っ込んで、『いい加減にあきらめろ』というようなことを言ってしまった。だから」

「もうどうしていいか分からなくなって、命を絶った……」

梢江が引き継いだ言葉に、そう、と芹沢は頷いた。「彼は、守るでも、あきらめるでもなく、まったく別の方向へ一線を踏み越えてしまったんだ」

また視界が少しぼやける。

「それで――」梢江は一拍置いてから、怖々《こわごわ》こちらをうかがうようにして続けた。「誰なんです？　これを書いたのは」

「女将さんもよく知っている人だ」

その先はもう聞きたくないのだろう。彼女は小さく首を振ると、立ち上がり、カウンターの中へと戻って行った。そして、そうすればいま見聞きしたものが意識から消えるはずだ、とでもいうように、あわただしく手を動かし始めた。

次に梢江が口を開いたのは、カウンターの上に、漬物の突き出しを三皿並べたあとだった。

「米橋さんと外塚さん、そろそろいらっしゃるころですね」

「女将さん」芹沢は手紙を畳んだ。「その皿は二つでいいよ」

「え？　なぜです」

「一人しか来ないから。だから、あと、一つで十分なんだ」

言った直後、芹沢は既視感のようなものを覚えた。

「一つで十分」――これと同じ台詞を、ちょうど一か月前にも聞いたな。この店の、この席で……。

3

「一つで十分、という意見もありますね」

手酌で猪口に酒を注ぎながら、外塚がそう切り出した。

「何の話だ？」

対面する席から芹沢が問い返すと、

「ボタンの数ですよ。わたしたちにはお馴染《なじ》みの」

そう答えて彼は、両手を動かし、死刑囚の足元にある踏み板がガタンと外れる様子を表現してみせた。

「あれは、なんで三つなんですか？　一つで十分なはずなのに。――理由は言うまでもないですよね。それを押す人の嫌な気持ちを、何人かで分担しようってことでしょう。だからダミーのボタンが二つ設けられているわけだ」

外塚は猪口をぐいとあおった。

「だけど一方で、昔から根強くありますよね。そんな措置を施したところで、苦しむ刑務官の数をかえって増やすだけだ、ってな意見が。ね、そうでしょう？　先輩」

外塚は隣の米橋に、ぐっと顔を近づけた。

先ほどから俯いたままの米橋は、その姿勢を崩すことなく小さく頷いた。

「そこでわたしはですね、先輩方の考えをお訊きしたいんですよ。三つ必要だと思っているのか、いいや一つで十分だという立場なのか」

芹沢は、おい、と囁いた。

「七日会」には暗黙のルールがある。死刑執行に関する話はタブーなのだ。だが外塚は、いまそれを破ろうとしている。

「ええ、ルールは承知しています。でも、芹沢さんだって米橋さんだって、この八年間、ずっとこの問題を考えてきたでしょう。でしたら、いい加減にそろそろ、一つの区切りとして、お互いの立場をはっきりさせておいてもいいでしょう」

猪口を口に運びながら、芹沢は思った。外塚の言葉は、自分には当てはまらない。ボタンの数がどうのこうのと考えたことは、おそらくほとんどないはずだ。

その代わり、毎日、刑場での一部始終を、繰り返し頭の中で反芻《はんすう》してきた。

そのほかに思いを巡らすことといえば、人選に関する疑問ぐらいだ。

当時の拘置所長は、いったいどんな理由から、自分と米橋、外塚を選んだのか。その点がいまだによく分からない。執行ボタンを押す係の三人が三人とも、歳が五十代で、出身地が同じ町、などといった例は聞いたことがない。

いくら若手の職員に、家族が入院している、妻が妊娠している、といった忌避事由を抱えた者が相次いだとはいえ、かなり異例の人選だったと言える。

「いいだろう。じゃあまず、おれから意見を言ってやる」芹沢は猪口を置いた。「ボタンは絶対に三つ必要だ」

「なぜです」

「誰が踏み板を外したのか分からないからやれた。ボタンを押せた理由をな、おれはそう考えているからだよ」

「分かりました。じゃあ、米橋先輩はどうです？」

「わたしも、三つ必要だと思っている」米橋は俯き加減のまま外塚に答えてから、今度は芹沢の方へ少し顔を傾けた。「ただその理由は、いま芹沢さんが言われたことと、微妙に違うかもしれません」

「どう違うんだ」

「わたしの場合は、仲間がいたからやれた——そんな気がするんです。うまく言えませんが、ほかの二人がやったのだから自分もやる、といったような心理であれを押したように思います」

するとり外塚が猪口をテーブルに置き、人差し指を立てた。

「そうなんです。わたしも同じです。自分のボタンが踏み板に直結していて、自分がそれを知っていたとしても、芹沢さんと米橋さんがダミーボタンを一緒に押してくれたら、やっぱり押せたと思っています」

「なるほどな、そういう考え方もあるか」

芹沢が呟いたとき、ボンッ、と小さな爆発音が、店の中まで聞こえてきた。そういえば今日は、町の商工会議所が主催する花火大会の日である。

その音を合図に、芹沢は話題を変えることにした。

「外塚、最近はどうなんだ、相変わらず、親父さんの介護で大変か」

「ええ。困っていますよ。ホームヘルパーが、前は二人来ていたんですが、派遣会社の人手不足で、いまは一人に減らされたんですよ。料金がかからなくなった分、サービスの質が落ちて困ってます」

「それは気の毒だな。すると、もう釣りはやっていないのか」

「はい。とてもそんな余裕なんかありません。八十八歳で足腰はがたがた、要介護3の認定を受けている親父を抱えていては、到底無理ですね。まさか、ほっぽり出して遊び歩くわけにもいかないでしょう。今日も早めに帰って、親父の爪を切ってやらないと」

「運転には気をつけろよ」

芹沢は注意を促した。介護用品を切らしてしまい、夜中に慌てて車を飛ばし、ドラッグストアに走る。そんな事態がときどきあると、前に外塚自身がこぼしていたからだ。

「分かってます」

外塚はまた、自分で自分の猪口に、溢れるほど酒を注いだ。

「ところで外塚」

「はい？」

「何かあったのか」

「え……」

「おまえ、少し変だぞ」

外塚の顔は真っ赤だ。こんなに飲む男だったたか。今日の「七日会」が始まってからまだ三十分しか経っていないが、一人で杯を重ねに重ね、早くも泥酔の一歩手前といった状態になっている。

もっとも、一日の大半を親の介護に費やす日々を送っているとなれば、たまには大きく羽目を外したくもなるのだろうが……。

「いいえ。別に何もありませんけど」

「ならいいが」ちらりと米橋の様子をうかがってから、芹沢は続けた。「じゃあいまは、ほとんど一日中家の中ってわけだ」

「そういうわけでもありませんよ。ヘルパーが来ているあいだは、気分転換に、自宅の近くを散歩するぐらいのことはしていますす」

その返事は、芹沢にあることを思い出させた。

「自宅の近くってこともないだろう。けっこう遠くまで歩いてるんじゃないのか。おまえの家からS署までは二キロぐらいあるぞ」

何を言われたのか分からない、という顔をする外塚に、芹沢は説明した。

「テレビで見たんだよ」

昨日の夕方、テレビで流れた地域のニュースだ。冒頭で紹介されたのは、S警察署の駐車場で行われた『夏の犯罪撲滅キャンペーン』の出発式だった。その際VTRに、署の門前を画面右から左に横切る外塚の姿が映っていたのだ。

「へえ、そうだったんですか。たしかに昨日は、たまたまあの辺まで、足を延ばしましたよ。――ところでニュースといえば、芹沢さんもこないだテレビに出てましたよね。例のミイラ事件で」

「ああ。だが、ミイラなんて言い方はよせ」

先ごろ、芹沢が面倒をみている元受刑者の一人が、簡易宿泊所で餓死寸前の状態となって見つかる、という出来事があった。それが「ミイラ事件」の名前で世間に広まったのは、たぶん誰かが、インターネットの掲示板あたりで、そうした名称を使ったせいだろう。

「すみませんでしたっ」

外塚はテーブルに両手をつき、ついでに額もそこにつけた。やはり相当酔っているらしい。

「言い訳するようですが、わたしは芹沢さんを尊敬しています。保護司として世の中のために奉仕しているんですから、立派だと思っています」

外塚はいったん言葉を切ると、隣の米橋に視線を移した。

「それに比べて、米橋さん。わたしは、あなたを少し軽蔑してますよ」

米橋が少しだけ首を外塚の方へ傾けた。目は伏せたままだ。

「いや、もちろん敬服はしてますよ。八年前、先輩の親父さんはたしか入院していましたよね。でもあなたはボタンを押した。家族が入院していれば、執行役を忌避できたのに、黙って引き受けた。見事です」

外塚は上体をふらつかせながら続けた。

「でもね、最低じゃないですか、親父さんを孤独死させるなんて。いくら現役時代で仕事が忙しかったとはいえ、年老いた親を常に気にかけておくのが、子供の責任ってもんでしょうが。親を看《み》るために、定年を待たずして退職したわたしに言わせればですね、そりゃあ言語道断てもんですよ」

「やめろ」

芹沢が再び小声で注意したのは、外塚の目が据わってきたように見えたからだった。呂律《ろれつ》もだいぶ怪しくなってきている。

「いいや、言わせてもらいます。――親父さんのことは、まあいいでしょう。一家庭の問題ですから。ですけどね、北部地区の件はどうなんです。町中の人に迷惑をかけているじゃないですか。米橋さんがゴネているせいで、土地が売れなくて、生活に困っている地権者だっているんですよ。そういう人の立場を考えたことがあるんですか」

芹沢は焼き鳥に手を伸ばしながら、内心で舌打ちをした。

口で注意をすると、かえって意固地になり反発を強めてしまう。そんな外塚の性格は、退職したいまも、ほとんど変わっていないようだ。

「米橋さんは、すぐそこの西部地区にも畑を持っていますよね。だったら、北部の方は売り払ってもいいでしょうに」

米橋は黙り続けている。

「知っていますよ、あなたが建設推進派から嫌がらせを受けていることは。ほら、西部の畑。この前、あそこに産廃を捨てられたでしょう」

その話が出て、芹沢は串を持つ手を止めた。

一週間前に、震えながら告白した息子の青ざめた顔。それが目の前に浮かび、軽い息苦しさを覚える。

「あれじゃあ見張りをするのも一苦労でしょう。悔しいとは思いますが、契約書に判子をついてしまった方が、いっそのこと楽でいいんじゃありませんか」

芹沢は目をきつく閉じ、意識から息子の姿を締め出してから、

「外塚、いい加減にしないか」

声を押し殺すようにして言い放った。

外塚は、ようやく我に返ったような顔を見せた。かと思うと、突然目に涙を浮かべ、

「米橋さん、すみませんでした。先輩に向かって、べらべらと、失礼な口を、きいたり……して……しまって……」

そう言いながら、テーブルの上に突っ伏し、動かなくなった。

米橋が立ち上がった。自分が着ていた上着を脱ぎ、外塚の背中にかけてやる。

芹沢は溜め息をつき、壁のカレンダーに視線を向けた。今日、八月七日の部分に、女将の字で「99」と書き込んである。

九十九回。目的は特別になく、ただ近況を報告し合うだけの会が、一度も中断することなく、それだけ続いている。あの執行のあと、米橋と外塚は管区内の刑務所や拘置所をあちこち転勤して歩いたものだが、毎月七日には、必ずこの店へ姿を見せた。

来月はもう百回か。

百——その数字に感じるのは、もはや、三人がやり遂げた仕事の重大さというより、三人の結びつきの強さだ。

後輩の外塚が、先輩の米橋を、面と向かって非難する。上下関係の厳しい刑務官の世界では、たとえ退官したとしてもありえない事態だ。

それがこうして起きてしまうほど互いの関係が濃くなっているのも、九十九、百、と回数を重ねてわたり、顔を突き合わせ続けてきたせいだろうか……。

と、そのとき、入り口のドアが開き、若い警察官が一人、店に入ってきた。

「すみませんが、これ、店内に張ってもらえませんか」

忙しいのだろうか、右目の下に大きな黒子のあるその警官は、梢江に何枚かのチラシを手渡すと、すぐに店から出て行ってしまった。

梢江はさっそく、画鋲を使って、壁の空いているスペースに、受け取ったばかりのチラシを張り付けた。

【八月三日に発生したひき逃げ事件の目撃情報をお寄せください】

チラシに書かれた文字にざっと目を通してから、芹沢は向かいの席を見やった。外塚はいつの間にか鼾《いびき》をかいている。

彼が眠ってしまったのは好都合といえた。会がお開きになったあと、米橋だけをこの場に残し、さしで話をするつもりだったが、こうして外塚が眠ってしまったのなら、わざわざ解散の時間を待つ必要もない。

芹沢は米橋の方へ視線を移し、唇を舐めてから口を開いた。

だが言葉を発したのは米橋の方が先だった。

「あの犯人を知っています」

「……え？」

「あれです」

米橋の目は、いま梢江が店内に掲示したチラシに向いていた。

「本当か。――誰だ？」

「わたしとは顔見知りの人間です」

外塚の鼾が一段と大きくなった。カウンター席の端にいたほかの客が、音を聞きつけ、こちらを振り向く。

その様子を視界の隅に捉えながら、芹沢は米橋の顔をうかがった。見たかぎり、冗談を言っているようには思えない。

「嘘ではありません。八月三日の晩、わたしは自分の畑にいたんです。さっき外塚くんが言ったように、暗がりの中で見張りをしていました。また誰かがゴミを捨てに来たら、捕まえてやろうと思ったからです」

米橋はビールのジョッキを手にしてから続けた。

「すると市道の方から鈍い音がしたんです。近くまで走って、目をこらしました。事故が起きた直後でした。女の人をはねた車は、少しのあいだ、現場にとどまっていました。その際、運転手の横顔を見たんです。知り合いの男でした。間違いありません」

「警察には言ったのか」

米橋は首を横に振る。

「おい、は――」

早く通報しろ、と忠告するつもりだった。だが先に米橋が、

「言えません」

と強い口調で言い切った。気勢を削がれるかたちになり、芹沢は戸惑った。

米橋は米橋で、先ほどこちらが口を開きかけたことに気づいていたようで、「何か話

でも？」と水を向けてきた。

「ん、ああ、さっき外塚が言ったことだ。土地の件だよ」

米橋は一度も口をつけないままジョッキを置いた。

「分かるんだ、米《よね》さんの気持ちは。あそこにでかいショッピングセンターができたら、近くの商店街は駄目になるからな」

車を運転できない高齢者たちは、普通、郊外の大型商業施設ではなく、町中に古くからある商店街を利用する。したがって商店街は、年老いた者たちにとって情報交換の場にもなっている。

自分の父親を孤独死させてしまった米橋が、そうした場所の存続にこだわるのも当然だった。

「だけどな、外塚が言ったとおり、この町には、ショッピングセンターの建設を望んでいる人の方が多いんだ。土地を処分できないせいで、生活に行き詰まっている人がいるのも事実だしな。……なあ、米さん」

芹沢はテーブルの上に身を乗り出した。

「判子をついてくれ。わたしからのお願いだ」

言って、米橋の表情をうかがった。

米橋はしばらく無言を貫いていたが、やがて俯いたまま、「芹沢さん」と口にした。

「推進派の誰かに頼まれたんですか。わたしを説得しろって」

芹沢は束の間、返事に窮したが、結局「そうだ」と正直に答えた。

「いま、町の建設業者はどこも鼻息を荒くしていますね。ショッピングセンターの誘致が決まれば、いろいろ仕事が舞い込むでしょうから、まあ当然のことですが。なかでも、特に派手に動いているのは――」

米橋はある男の名前を口にした。不法投棄を指示した社長の名前だった。

「彼に頼まれたんですね」

「……ああ」

「うまいところに目をつけましたね。わたしは嫌がらせを受けて、気持ちが参ってしまっている。そんな状態で、頭の上がらない人に説得されれば、なるほど、もう抵抗しようという気もなくなってしまうかもしれない」

「…………」

「ところで芹沢さん、息子さんは、その社長の下で働いていますね」

頷いた。

「息子さんがわたしの畑に産廃を捨てたのは、やはり社長の命令ですか」

芹沢は言葉を失った。

「ええ。息子さんがわたしの家に来て、告白してくれましたから。父はぼくをかばった。

そうも彼は言いましたよ。かばったというのは、芹沢さん、犯人を隠避させたということですね」

「知って、たのか……」

やっとの思いで、それだけを喉から絞り出した。

「ええ。芹沢さんが、社長の言いなりになって、こうしてわたしを説得しているのは、ご自身を社長の共犯者だと思っているからでしょうね」

芹沢はたまらずテーブルの上で、米橋の腕を摑んでいた。

「米さん、どうする気だ。息子を警察に突き出すつもりか」

米橋はようやく顔を上げた。そして、まっすぐに目を合わせてきた。

4

「お一人しか来ないって……」三つの小皿を前に、梢江は、形のいい眉毛を少しだけ寄せた。「どちらですか。米橋さん？　それとも外塚さん？」

「外塚だよ。来るのは彼だけだ。米さんは来ない」

「あら、米橋さん、もしかしてご病気でもなさったんですか？　それとも土地の件でお忙しいとか？」

いいや、と短く言って、芹沢は一度畳んだ手紙をまた広げた。それを梢江の方にかざしてみせる。

「女将さん、もう一度見てごらん。この筆跡に見覚えはないかい」

「見覚え、ですか」

再びじっと手紙に視線を当てたあと、梢江は、はっと息を吸い込み、片手で口元を覆った。

「もしかして、米橋……さんの……」

「そうだ。これと一緒に、土地の売買契約書も、わたしの家に届いたよ。判子が押してあった」

「嘘……。そんな……」

芹沢は向かいの席に目をやった。いつも米橋の座る場所だ。

「この二週間、米さんとは一切連絡が取れないんだ。家に行っても、もぬけの殻だったし」

――考えさせてください。

それが一か月前のあの日、まっすぐに目を合わせてきた米橋が発した言葉だった。

何を考えるつもりだ。契約書に判子をつくことか。それともおれの息子を告発することとか……。そんなふうに、うじうじと思い悩んでいたところに届いたのが、この手紙だった。

受け取ってはっきりした。どちらでもない。米橋が考えたかったのは、自分の身の振り方だったのだ。

「馬鹿だよ、あいつも。土地を売ると決めたのなら、何も早まったことをしなくてもよかっただろうに……。いや、馬鹿なのは、わたしの方だね」

呆然《ぼうぜん》とした様子で二皿の突き出しを運んできた梢江に、これまでの経緯をざっと説明してから、芹沢は、わたしが馬鹿だったよ、と繰り返した。

「自分がラストストローになれば、米さんが首を縦に振るものとばかり思っていた。だけど、まったく別の方向に背中を押してしまう場合だってあったんだよ。どうして、そんな当たり前のことに気づかなかったんだろうな」

「その手紙を受け取ったから、芹沢さんは警察に通報したんですね」

「ああ。大事な後輩を死なせたというのに、自分だけ悪事に頬《ほ》っ被《かむ》りを続けるなんて、できっこないからね。誰だってそうだろう」

芹沢は、自分の突き出しに箸をつけながら、時計を見やった。

午後六時を十分過ぎている。

そろそろ外塚は姿を見せるだろう。

米橋がこの世を去っても、残る彼とだけは会い続けるつもりだった。いや、もしかしたらこの「七日会」は、三人揃《そろ》わなければ意味がないのかもしれない。だとしたら、今日が最後になるだろう。

そんなことを考えながら、芹沢は、外塚の席に置きっ放しにしていたスポーツ新聞を手に持った。

「女将さん、すまないが、これ、しまってくれないか」

まだ少しぼんやりした表情の梢江は、しかし、芹沢の声に何度か瞬きを繰り返したあと、しっかりと新聞を受け取り、訊いてきた。

「いい仕事、何か見つかりましたか？」

「まあね。運転手の口があったよ。明日、その運送会社にあたってみるさ」

「保護司さんて大変ですね……。自分を犠牲にしなきゃいけないんですから」

「ん？」

「だって本当は、すべて出所した人たちのためでしょう」

「何のことだい？」

「芹沢さんが、ラストストローになることを引き受けた理由ですよ。建設会社の社長から頼まれたというのはたまたまで、そうでなくても芹沢さんは、米橋さんを説得するつもりだったんじゃないんですか」

「…………」

「ショッピングセンターの建設が決まれば、いろんな工事が発注されるし、完成すればしたで、そこにまた雇用が増えますでしょう。町に働き口がたくさんあれば、前科のある人が餓死寸前まで追い込まれることもなくなる。そう考えたからこそ、芹沢さんは米橋さんに――」

芹沢は軽く手を上げ、梢江の口を制した。

「もうよそう。彼の話は」

「……そうですね。すみません」

梢江がスポーツ新聞を畳んでカラーボックスに戻したときだった。店の扉が開く音がした。

芹沢は顔を上げ、直後、軽く息を呑んだ。

そこに立っていたのが、外塚ではなく米橋だったからだ。

生きていてくれたか――。

口を開いたものの、何を喋っていいのか分からなかった。

言葉を探すのにもたついているうちに、すぐ目の前まで米橋が近づいてきた。手元を見やると、彼もまた畳んだ新聞を持っている。

「ぶらっと旅に出ていたんですよ」そう言って、米橋は少し歯を見せた。「いや、旅というのは大袈裟ですね。ただ、近くの県をあちこち回ってきただけです」

「……何のために、そんなことを」

「死んだと思われたくて、です。芹沢さんに」

「だから、何のために、そんな……」

「このためです」

米橋は持っていた新聞をテーブルの上に置いた。それは今日の夕刊だった。社会面が上になっている。

目に入ったのは、小さな活字で印刷された【ひき逃げ事件の容疑者逮捕】という見出しだった。

「読んでみてください」

【出頭した男の供述に従い、S署交通課が男の車を調べたところ、現場に落ちていた塗膜片との一致が見られたため、その場で男を逮捕した。逮捕されたのは無職・外塚紀夫容疑者（59）で……】

引き続き言葉を探しあぐねてから、芹沢はようやく声を出した。

「じゃあ、米さんの言った『知り合い』ってのは——」

米橋は、ええ、と頷き、いつも外塚が座る席に目をやった。

「だ、だけど、ちょっと待ってくれ。外塚を出頭させるために、米さんが自殺を装ったってのは、いったいどういうことだ」

わけが分からない。二つの出来事のあいだに、どんな因果関係があるというのか。

「ダミーボタンですよ。あれでつながるんです」

意味不明の言葉を重ねられ、さらに思考が混乱する。

「わたしは最初、外塚くんを告発しなければと思っていました。ですが、芹沢さんの話を聞いてやめたんです」

「おい、話をあちこちに飛ばすな。何だよ、おれの話って？」

「先月の会で話に出た、夕方のニュースです。警察署の前で外塚くんを見たという話ですよ。あれを聞いて、思ったんです。外塚くんは散歩をしていたんじゃなくて、出頭しようかどうしようか迷っていたんじゃないか、って」

その瞬間、芹沢の脳裏を一つの言葉が駆けめぐった。

――ラストストロー。

そうか。米橋は、踏ん切りをつけられないでいる外塚の背中を、最後に一押ししてやろうと考えたのだ。ダミーボタンの理屈を使って。

だから、まず自分が責任を取ってみせた。

そうすることで、おれにも責任を取らせた。

結果、外塚に責任を取らせることができた。

米橋とおれの行動が、外塚のなかに作り上げたからだ。ほかの二人がやったのだから自分もやる、の心理を。

「しかし、米さん、なんだってそんな回りくどいことをした？」

「外塚くんに、出頭しろと口で説得しても、従ってくれるかどうか分からなかったからです。彼の性格だったら、かえって意固地になって、うまくいかないおそれがありました」

「いや、そうじゃなくて、なぜすぐに外塚を告発しなかったんだ。仲間だから気兼ねしたのか」

米橋は首を振った。

「彼は、わたしと違って、一人じゃありませんから」

……ああ。

外塚には老いた父親がいる。介護の手を必要としている父親が。

その父親のために、米橋は、もし外塚が刑務所に行くことになった際、刑期を一日でも短くしてやろうと考えたのだ。だからどうしても外塚には、自分から出頭してもらわなければならなかった。出頭すれば、情状酌量による減刑を期待できる——。

「外塚くんが帰ってくるまで、わたしが介護の手伝いをすることにしましたよ。しばらくお世話させてもらいます。自分の親父だと思って」

そんな言葉とともに、ズボンのポケットから小さな爪切りを取り出してみせた米橋の横で、梢江がカレンダーをめくり、九月を十月に替えた。

「また三人が揃うまで、二人で一緒にお待ちになればいいじゃないですか」

彼女はそう言って、七日の下に小さく「１０１」と書き入れた。

32
|
2

上からどさりと降ってきたのは、一人の女だった。

口をガムテープで塞がれているその女は、左側を下にして横たわり、低く呻き声を上げている。

*

一方、こっちはといえば、さっきからずっと体の右側を下にしていた。だから、降ってきた女とは、寝そべって向き合う格好になった。顔と顔の距離が近すぎて少し煩わしい。

女が身じろぎをした。

広いおでこと、さがり気味の目尻。

この顔……。誰だっけ？　なんとなく見覚えがあるものの、思い出せない。

女が瞬きをし始めた。長く目をつぶったあと、ぱっと開き、すぐにまた閉じている。

この暗さに目を慣らそうとしているようだ。

床がまた大きく揺れた。

揺れるたびにがさごそと音がするのは、下にブルーシートが敷かれているせいだ。シルクの絨毯《じゅうたん》を敷けとまでは言わないから、これはせめて取り払ってほしい。このちくちくするような安っぽい感触は肌によくない。

ようやく目が暗さに順応したらしい。女は視線をじっとこっちに向けた。

――ちょっと訊くけど。

こっちは口を動かせなくて声も出せない。だから目で女にそう話しかけてみた。

「はい」

女もまたガムテープのせいで口が利けない状態だ。だからいまの返事は、ほとんど鼻から出した息によるものだった。それでも、こっちの耳には「はい」と明瞭に聞こえた。

――あなた、誰だっけ？

「え、忘れちゃったんですか」

その口ぶりからすれば、こっちは女と知り合いらしい。

――うん。覚えていない。何もね。

「それはお気の毒です。きっと頭を強く打っちゃったせいですね」

頭を打った……？　そう言われてみると、頭蓋骨が割れていて、脳の上でぷかぷか浮いているような気もする。

——あなたの名前は？　苗字《みょうじ》は何？

「シゲナミです。重い軽いの重いに、大波小波の波で重波」

聞き覚えがあった。間違いなく、ずっと前から知っている苗字だ。

——じゃあ下の方は？

「ハナエです」

——どういう字？　……待って。もしかして、葉っぱの「葉」と、田圃に植える「苗」じゃないかな？

「正解です」女は弱い笑みを浮かべた。「少しは覚えているじゃないですか」

——何となく頭に浮かんだだけ。いま何時？

こっちも腕時計をはめている。だけど体をまったく動かせない。筋肉がすっかり硬くなっていて、首や手をほんのわずか曲げることすらかなわない。だから文字盤を見ようがなかった。

「午後八時ごろです」

いつの間にかもう夜か……。

——で、よかったら教えてもらえる？　どうしていま、こんなところに二人でいるのかな？

「それにはですね……」

言いよどんで、葉苗はまた窮屈そうに身じろぎをした。いや実際に窮屈なのだ。この場所は異常に狭い。

「いろいろと、事情がありまして……」

——事情？　どんな？　こっちは、今朝からの記憶すら完全に飛んじゃっててさ、頭の中が空っぽなんだ。

「じゃあ今日一日の出来事を話してみましょうか。それを聞いてもらえれば、わたしたち二人が、ここでこうしている理由も分かってもらえるはずですから」

1

今日、わたしは、いつものように午前六時に起きました。

とりあえず日課にしている朝のウォーキングに出かけたものの、もう眠くてたまりませんでした。

なぜかといえば、昨日の夜、ゴルフの打ちっぱなしに行ったからです。久しぶりにクラブを握り、三百球ほども打ったせいで、一晩寝たぐらいでは解消しきれないほどの疲れを溜め込んでしまっていたのです。

どうしてそんなに頑張ったかといえば、今日は、重波家の四人が一家揃ってラウンドする予定だったからです。たとえ家族とはいえ、下手なところは見せたくありません。

いま、一家揃って、なんて言いましたけど、それは正確な言い方ではないかもしれません。うちは、アパレル会社の社長でもある母の富士子《ふじこ》が大黒柱で、絶対の支配者です。わたしや姉、そして姉の夫はみな、彼女のお供《とも》という位置づけにすぎないのです。

ウォーキングを終えて家に戻ってくると、ガレージの方で物音がしました。覗いてみたところ、義兄の敬一郎《けいいちろう》さんがいました。母の車を整備していたようです。慣れた手つきで、レンチをホイールナットにあてがっています。

「今日は運転、よろしくお願いします」

わたしは敬一郎さんに頭を下げました。

四人でゴルフ場に行くときは、ゴルフバッグの積み込みでトランクが窮屈になるので、いつも車を二台使います。

先頭の車には母が一人で乗り、後続車には姉と敬一郎さん、そしてわたしの三人が乗り込むのです。それが常でした。

「わたし、きっと、あっちに着くまでぐっすり眠ってしまうと思いますけど」

言うそばから欠伸が出てしまいました。

「気にしないで」敬一郎さんは爽やかに笑います。「よく眠っていくといいよ。寝顔をじろじろ見たりしないから」

そこへ姉の沙苗《さなえ》がやってきました。彼女も、わたしと同じように朝の散歩を日課にしているのです。

「おはようございます」

わたしは姉に敬語で挨拶をし、なおかつ深々とお辞儀をしました。

姉とわたしは双子です。

双子は普通、数分程度の時間差で生まれることが多いようですが、わたしたちの場合は違っていました。まず姉が出てきて、次にわたしが生まれるまで、二時間ものインターバルがあったそうです。

そのため母は、わたしたちを、双子というよりは「姉妹」とみなしました。そしてわたしに対し「姉には敬語で話すように」と厳しいしつけを施したのです。母は上下関係にはとても厳しい人なのです。

姉はわたしに軽く挨拶を返し、敬一郎さんの頰にキスをしました。

わたしがいるから照れくさいのでしょう、敬一郎さんは作業を続けながら、さっきより伏し目がちになっています。

あ、そうそう、と姉は言いました。午前十時に変更だって、と。

ゴルフ場へ向けて出発する時間です。当初の予定より三十分繰り上がりました。また母の気まぐれが顔を覗かせたようです。

午前十時出発——その予定を、わたしは頭に刻み込みました。

一方、敬一郎さんはといえば、律儀にメモ帳を取り出して書きつけています。何でもすぐにメモをするのが彼の習慣なのです。それはきっと、車の整備士をしていたころに職場で叩き込まれたものなのでしょう。

ですが彼の場合は、せっかくメモしても、その紙をどこかに放っておくという悪い癖も持ち合わせているのでした。

それからね、と姉は続けました。朝食の席には、自分のクラブを一本持ってこいってさ、と。

そう言い残すと姉は、大きく腕を振って元気よく門から出て行きました。

2

果物と紅茶。朝食はそれだけでした。

本格的な食事は、ゴルフ場に着いてから、そこのクラブハウスでとる計画になっていたからです。

メニューが二種類だけですから、朝食にかけた時間などわずかなものです。でも、その少しの時間は始終緊張を強いられる苦痛のときでもありました。

わたしも姉も、そして敬一郎さんも、果物を口に運び、紅茶を啜っているあいだずっと、母の様子に注意を払い続けなければなりませんでした。

わたしたちには、母よりも遅くまで食べていることは許されません。また、出されたものを残すことも認められないのです。それが我が家のルールです。

「さてと」

テーブルの上座についた母は、ティーカップを置くと、わたしたち三人をじろりと見渡し、リビングの一角に向かって顎をしゃくりました。

「クラブを持ってそこに整列」

わたしたち三人は一斉に席を立ち上がり、言われたとおりにしました。

母は母で、自分のドライバーを持ち、わたしたちの前に立ちはだかります。

「スイングをチェックしてやるから、順番に振ってみな」

まず葉苗から、と言うので、わたしは持参した七番アイアンを一振りしました。

大人が三人並んでゴルフクラブを振り回せるぐらい、うちのリビングは広いのです。

広いのはリビングだけではありません。家全体がそうです。部屋が二十ぐらいあって、車庫には車が六台並んでいますし、プレジャーボートも所有しています。

母が一代で築き上げた資産は総額で……どれぐらいあったか忘れましたが、三十億円はくだらないと聞いています。

話が横にそれました。

わたしがスイングを終え、フィニッシュの姿勢をとったところ、母からドライバーのグリップで腰のあたりを叩かれました。

「体の中心がぶれてるっ。臍《へそ》を動かさないっ。スイングは独楽《こま》になったつもりでするっ。分かったかっ」

「はいっ」

「じゃあ、もう一回振ってみろっ」

「はいっ」

まるで高校の運動部みたいな光景です。結局、母からOKが出るまで二十回ぐらい素振りをさせられました。

母はいま五十八歳ですが、身長が百七十五センチ、体重は八十キロ近くあります。わたしたち娘よりずっと体が大きく、腕力も強いのです。

そんなわけですから、わたしたち姉妹が幼かったころなど、彼女はいま以上に恐ろしい存在でした。ちょっとでも母の気に障ることをしようものなら、よく押入れや物置小屋のような場所に放り込まれたものです。彼女は怒ると、相手を狭いところに閉じ込めたがるのです。いまどき、こういう人もまだいることに驚いてしまいます。

それはそうと、母はゴルフ歴も長く、ハンディキャップが十五ぐらいですから、かなりの腕前です。筋力があるので、ドライバーショットも平均して二百五十ヤードほど飛ばします。

「次。沙苗、振ってみな」

姉が構えに入りました。

一卵性の双子ですから、わたしと姉は顔も体つきもまったく同じです。でも、幼いころから人に間違われることはほとんどありませんでした。姉には右目の下に泣き黒子があって、わたしにはそれがないからです。

姉の黒子は生まれたときからあったそうです。わたしは昔からそれが羨ましくて、ときどき黒いシールを丸く切って貼ったりしていたのですが、それを見つかると、母と姉からこっぴどく叱られました。

紛らわしいからやるな――これは母の言い分です。

人の真似をするな――これは姉の言い分でした。

ときには喧嘩《けんか》もしましたが、総じて仲のいい姉妹だったと思います。なにしろ生まれたときから二十七年間、ずっと一緒でしたから、いまでは、言葉を交わさなくても目を見ただけで、お互いが何を考えているのか、だいたい分かるぐらいです。

その姉も、一振りしたあと母から腕を叩かれました。

「あんたは手だけで打ってる。ちゃんとクラブの重さを感じて振りなっ。スイングは二重振り子の原理って言ったろ。何回教えたら分かるんだっ」

姉は何度かスイングをし直しましたが、そのたびに母から駄目出しをされました。そしてついに呟いてしまったのです。

るっさいな、と。

姉もやや気性が荒いので、わたしに比べたら母とぶつかる回数は倍以上です。このときも我慢の限界を超えてしまったようでした。

それまで鬼の形相を見せていた母が、顔から一切の険をふっと消し去りました。だから、わたしは反射的に身を硬くしました。白い紙に点を三つ描いただけのような表情のない顔。これこそが母の怒り顔なのです。

「下がりなさい」

自分の部屋に戻れ、という意味です。母はいまの言葉を静かな口調で言いました。これもかなり怒っている証拠です。

姉がリビングから出て行くと、母の視線は敬一郎さんに移りました。

敬一郎さんもだいぶ緊張しているようです。青ざめた顔で構えに入り、バックスイングを開始しました。

すると母が言いました。「あんた、どうしてここにいるのよ」

「は？」

「あんたはそんなことしなくていいの。仕事が別にあるでしょ」

母は手にしたドライバーのヘッド部分で、車庫の方角を指し示しました。車の整備をしてこい、と言っているのです。

「整備なら、もうやりましたが」

「ワックスがけは？」

「それは……まだです」

「まだですじゃないっ」母は敬一郎さんの顔の前でパンと手を叩きました。「急いでやってきなっ」

敬一郎さんは一転、顔を赤くし、そそくさとリビングから出て行きました。

さっきもちょっと言いましたが、姉と結婚する前、敬一郎さんは自動車の整備士として働いていました。

四年前、姉が門柱に車をぶつけたとき、修理を頼んだ店にいたのが彼です。三つ年上で美男子の敬一郎さんに、姉は一目で惹《ひ》かれてしまいました。そして強引に籍を入れてしまったのです。

でも母は敬一郎さんを気に入りませんでした。母が身を置くのはアパレル業界です。シックで洒落た服ばかりを日々目にしている身からすれば、機械油で汚れたつなぎは嫌悪か侮蔑の対象でしかなかったのかもしれません。

敬一郎さんの学歴は工業高校卒です。ここにも母は噛みつきました。この家の婿になるなら、大学法学部の卒業資格を取れ、という無理難題を彼にふっかけたのです。

いま母親の下で働いている敬一郎さんは、疲れて会社から帰ったあとも、夜遅くまで通信講座で勉強するという毎日を送っています。

敬一郎さんがいなくなると、母はわたしに向き直りました。

「あんたはいまから、食事の後片付けと台所の掃除っ。出発まであと三十分しかないからね。もたもたしてんじゃないよっ」

3

皿を食器洗い機に入れ、シンク周りを拭き終えたころには、もう出発までそれほど時間がありませんでした。

リビングに持ち込んでいた七番アイアンを手に、急いでガレージに向かうと、電動式のシャッターはもう開いていて、母の運転する車がちょうど出発したところでした。

敬一郎さんもすでに運転席に座っていますが、姉の姿はありません。おそらく家に残っているのでしょう。母と衝突したので、今日のラウンドを取りやめにしたに違いありません。

しかし、よく母はそれを許したものです。

助手席に乗り込み、わたしは敬一郎さんにまた頭を下げました。「さっきはすみません」

母の非礼を娘として詫びたのです。

「いいんだよ」

敬一郎さんは微笑《ほほえ》んでみせましたが、その表情はどこか強張っています。

これは早々に別の話題を探した方がよさそうでした。

「今夜は楽しみですね」

今日はゴルフが終わったあと、わたしたち三人はプレジャーボートで海に出て、夜釣りをする予定になっていたのです。母から許可をとりつけるのに苦労した分、とても楽しみな計画でした。

船の操縦は敬一郎さんの担当です。メカに強い彼は船舶免許も持っているのです。

「わたし、釣りってあまりやったことないんです。この時期の日本海には、どんな魚がいるんですか」

敬一郎さんは返事をしませんでした。何か考え込んでいる様子です。

やがてこちらの視線に気づくと、

「あ……うん……。こっちこそ、よろしく。日本海は波が高いよね」

などと的外れな返事をしながら、車を出すのでした。

市の中心部であるこの場所から、山間部にあるゴルフ場までは四十分ぐらいかかります。

「ゆっくり運転していくから」と敬一郎さんは言いました。

その方がよさそうです。

これから向かう山道には、ガードレールがない場所もあるし、舗装工事の途中で路面の状態が悪いところもあります。おまけに交通量も少ないので、万が一転落事故を起こしても、すぐには他人の助けを期待できません。

ゆっくり行くとすれば、一時間ぐらいかかるかな……。そんなことを考えているうちに、わたしはすっかり眠り込んでしまっていました。

4

きっと空気が乾燥していたせいでしょう。右の頬骨のあたりに痒《かゆ》みを感じ、そのせいで眠りから覚めました。

化粧を崩さないよう顔をぱたぱたと扇《あお》ぎながら目蓋を開くと、まず目に入ったのは運転席にいる敬一郎さんの姿です。何か書き物をしていたらしく、彼は手にしたマジックをジャケットの胸ポケットにしまったところでした。

「いまちょうど着いたばかりだよ」

体を起こしてみると、なるほどそこはゴルフ場の駐車場で、目の前にはクラブハウスがありました。

時計を見ると、出発してから五十分ほど経っていました。

一時間に満たない睡眠でしたが、体は軽くなっていました。

あまり気の進まない今日のラウンドでしたが、眠っていくらか疲れが取れたせいでしょう、急に意欲が湧いてきました。必ず百を切ってやる。そう決意し、敬一郎さんに言いました。「いざ出陣」

すると、待って、と止められたのです。

「まだお義母《かあ》さんが来ないんだ」

聞けば、母は途中でコンビニに立ち寄ったそうです。だから追い越してきた、とのことでした。

道草を食うとは、ゴルフ狂の母にしては珍しいことです。

彼女の携帯電話にコールしてみたところ、呼び出し音は鳴りましたが、応答はありませんでした。

車の中で母の到着を待っているあいだ、退屈だったので、敬一郎さんに言いました。

「三十です」

「え？」

「だから三十です。これのこと」

わたしは一枚の紙切れを彼に示しました。助手席の足元に落ちていた紙です。そこには敬一郎さんの字で「32－2」と書いてありました。

「三十二引く二でしょう。答えは三十です。――これ、いったい何のメモですか。ハーフのスコア目標かな？　でも三十っていったらプロでもほとんど無理ですよ」

「何だろね」敬一郎さんは形のいい顎に指先を当てました。「分からないな」

「でもこれ、お義兄《にい》さんの字ですよね」

「違うよ」

なぜか敬一郎さんはとぼけます。

まあいいや、と思い、わたしは車のドアノブに手をかけました。

「どこへ行くの」

「お手洗いです」

「待って。葉苗ちゃん、お腹《なか》が空《す》いてない？」

「空きました。林檎を持ってきています。いま食べますか？」

わたしは後部座席に置いてあるフルーツバスケットに手を伸ばしました。

「そういう間に合わせじゃなくて、ちゃんとした食事をとろう」

「母を待たずに、ですか」

「うん」

敬一郎さんの勇気に驚きました。そんな真似をしたら、どんな雷が落ちるかしれません。

でも母にも責任があります。普段から人には「時間に遅れるな」とうるさいくせに、自分がどこかで道草を食っているのですから。

「分かりました。お付き合いさせていただきます」

そう返事をすると、敬一郎さんは車のエンジンをかけました。

「え？　そこのクラブハウスで食べるんじゃないんですか」

「いいや、ほかの店に行こう」

車はゴルフ場から出て、来た道を戻って行きます。

「どこに連れて行ってくださるんでしょうか」

「それは店に着いてからのお楽しみだよ」

「あの……お義兄さん」

「ん」

「どこかで、お手洗いに寄ってもらえると、嬉しいんですけど……」

「あ、ごめん」

そう言うや、何を思ったのでしょう。敬一郎さんはその場でブレーキを踏みました。ゴルフ場と県道をつなぐ細い道路の途中で、です。

「さ、どうぞ」

「え?」

「早く降りて。ぱっとやってきて」

これにはどう返事をしていいか分かりませんでした。路肩の茂みに入って用を足してこい、と言っているのです。

冗談かと思いましたが、彼の目は本気でした。

平日ということもあり、通る車はほとんどありません。とはいえ、いくらなんでも空の下では……。

「したくないの? 必要ないなら出発するよ。あとは何十分も停まらないからね」

何十分も停まらない? どうやら市街地まで戻るつもりのようです。いずれにしても、何十分ではとても我慢していられそうにありません。

迷ったすえ、わたしはそこでいったん車を降りたのでした。

5

市街地まで戻り、敬一郎さんが車を停めたのは、駅の近くにあるコインパーキングでした。

「ついてきて」

彼はさっさと車を降り、繁華街の方へ早足で歩いていきます。

わたしは小走りに彼の背中を追いかけました。

「あそこに入ろうか」

敬一郎さんが指さした先には一軒の店があり、その入り口前には、ずらりと五、六十人ほどの行列ができていました。

店の前には大きな花輪が飾ってあります。『本日正午オープン！』と書かれた幟も立っています。

そこはラーメン屋でした。具を山ほど載せた大盛りの麺を、驚くほど安い値段で出すというので、全国的にも有名なチェーン店です。よくテレビや雑誌に取り上げられていますから、実際に食べたことはなくても、名前ぐらいは知っていました。

「ここ……ですか」

「うん」

店の前で並んでいるのは、ラフな格好をした若い男性ばかりです。女性は一人もいません。無遠慮な視線の矢が方々から飛んできて、ぐさぐさとわたしの体に刺さるのが、はっきりと感じられます。二十七歳の女にとっては、かなりいづらい雰囲気です。

このお店はやめておきませんか――そうはっきり言おうかと思いました。でも、せっかく連れてきてくれた敬一郎さんに不愉快な思いをさせたくありません。

しかたなく、俯きながら列の最後尾を目指して歩き始めました。

でもほんの二、三歩進んだところで、敬一郎さんから腕を摑まれ、その場に引っ張り戻されてしまいました。

「どこへ行くつもりなの？」

「え……。だって後ろに並ばないと」

「いや、ここでいいんだよ。ぼくたちはここに並ぶ」

敬一郎さんは、いまの言葉を、半分はわたしに向かって、もう半分は行列の一番前に並んでいた二人組の男性に向かって言いました。

二人組の男性は、どちらも体つきが岩石みたいで、大学のラグビー部にいそうな感じの人たちでした。敬一郎さんの言葉にかちんときたのでしょう、彼らは揃ってこちらを睨みつけてきます。

「きみたち、その場所をこっちに譲ってくれないか」

敬一郎さんがそう切り出すと、二つの岩石からは、

「あん？」

敵意丸出しの視線が返ってきました。

「もちろんタダでとは言わないから」

敬一郎さんはジャケットの内ポケットから財布を取り出しました。そこから一万円札を二枚抜き取り、二人組に差し出します。

男たちは二人とも、お札に目をやっては互いの顔を見る、というふうに忙しなく視線を移動させていましたが、やがて頷き合い、その金を受け取りました。

「どうも」

二人組は敬一郎さんにお辞儀をしてから列を離れていきました。こうして、わたしは彼と一緒にラーメン屋の最前列に並ぶことになったのです。

大枚をはたいてまで最前列に並びたがったところをみると、敬一郎さんは時間が惜しいのでしょうか。早く食事を済ませてゴルフ場に戻らなければならないと思っているのでしょうか。

でもそれならば、わざわざ街へ戻らず、最初からクラブハウスで食べればよかったのです。

まあ敬一郎さんには敬一郎さんなりの考えがあるのでしょう。わたしとしては、おとなしく店がオープンするのを待つほかありません。

「このお店、メニューに煮卵ってありますか？」

黙っているのも気まずいので、そんなどうでもいいことを口にしながら敬一郎さんの方を見たところ、彼はしきりに往来を気にしている様子です。わたしの言葉などまるで聞いていないのは確かでした。

そのうち正午になり、店舗の扉が開きました。調理服に『店長』のネームプレートをつけた人が姿を見せると、行列の方へ向かって声を張り上げました。

「お待たせしました。ではこれより開店いたします」

並んでいる男の人たちから歓声が上がりました。

「どうぞ、一番前の方から順番に、ゆっくりとお入りください」

店長が敬一郎さんとわたしに、店内へ入るよう促します。

「行こう」

わたしはまた敬一郎さんに腕を引っ張られました。

でも、向かった先は店の中ではありませんでした。敬一郎さんは、入り口の前を素通りし、いま来た方角へと戻って行くのです。

店長が唖然《あぜん》とした顔でわたしたちを見送っている——そんな姿が、後ろを振り返らなくても、ありありと想像されました。

「お義兄さん、どうしてですか。ラーメンを食べていかないんですか」

「葉苗ちゃんは、あの店で食べたかったの？」

「いいえ。そういうわけでもありませんけど。……でも、だったら、どうして列に並んだりしたんですか」

しかも二万円も出して一番前に。

いまの質問に敬一郎さんは何も答えず、車を停めたコインパーキングの方へどんどん歩いていくだけでした。

6

「お昼ご飯はもういいですから、そろそろゴルフ場へ戻りませんか」

コインパーキングまで帰ったとき、そう提案しましたが、これも無視されました。

再び車で走り出したものの、次はどこに行くつもりなのか、ハンドルを握る敬一郎さんにもよく分かっていないようでした。何かを探しているのでしょうか、ウィンドウ越しにきょろきょろとあたりを見回しながらの運転です。

どうか事故を起こしませんように。

天に祈りながら、わたしはまた携帯から母の番号にかけてみました。

——おまえたち、どこにいるのっ。

そんな叱責の声が返ってくるのを覚悟していましたが、コール音はするものの、やっぱりつながりません。

姉はどうしているのかなと思い、自宅にもかけてみましたが、こちらも同じです。誰も出ません。姉の携帯についても同様でした。

退屈だったので、そのまま携帯電話で遊ぶことにしました。インターネットの検索サイトに、ある文字を打ち込んでみたのです。

ある文字とは何でしょう？　そう「32－2」です。

最初にヒットしたのは「内閣支持率三十二・二％」という記事でした。

ほかに表示されたのは「A32－B2」といったアルファベットと組み合わせになった文字です。これらは何かの商品番号のようでした。

根気よく検索を続けていくと、やがて「三十二条の二項」という言葉が引っ掛かりました。それを目にした瞬間、ピンときました。

敬一郎さんは母の命令で大学の通信教育を受けています。学部は法です。だとしたら、彼の書いた「32－2」は、法律の条文を表す数字かもしれません。

そこでとりあえず、「32－2」の頭に「憲法」「刑法」「民法」の語を順番に足して検索してみました。

憲法には三十二条はあっても二項がありませんでした。

刑法も三十二条は一項のみで、その各号に時効の期間が書いてあるだけです。

目を引いたのは民法でした。たしかに、三十二条には二項があります。ですが、それよりも気になったのは、「三十二条」に続く条文、「三十二条の二」でした。そこに定められているのは「同時死亡の推定」という制度です。

【数人の者が死亡した場合において、そのうちの一人が他の者の死亡後になお生存していたことが明らかでないときは、これらの者は、同時に死亡したものと推定する】

条文はそうなっています。

敬一郎さんが書き付けた「32－2」の意味はこれのような気がしました。

もちろん、メモの数字が本当に条文の番号を表すものだとしても、法律はほかにもいろいろあります。刑事訴訟法、民事訴訟法、商法……。もっと調べてみなければ、はっきりしたことは言えないでしょう。

でもわたしの勘は、民法のこの条文こそがメモの正体に違いない、とはっきり告げていました。

ここで敬一郎さんは、車を路上に停めました。路上といっても、ちゃんとパーキングメーターのあるスペースにです。

「今度はどこに行くんですか」

「そのうち教えるよ。しばらくここで休憩だ」

そこはいちおう目抜き通りではあったのですが、どちらかといえばオフィス街といった場所です。美味しいものを出してくれそうなお店は見当たりません。

遠くから拡声器を使った声が聞こえてくるのは、何かのデモをやっているからでしょうか。

敬一郎さんはカーナビのボタンを操作し、画面にテレビ番組を映し出しました。毎日正午からやっている二時間枠のワイドショーです。

わたしは後部座席のフルーツバスケットを膝の上に持ってきて、敬一郎さんに林檎をむいてあげることにしました。ジョナゴールドの大きな玉は重く、片手で持つだけで一苦労でした。

「間抜けだね」

画面を見ながら敬一郎さんがぼそっと呟きました。

「何がです」

訊くと、彼はワイドショーの画面を指さしました。映っているのは一軒の民家でした。どうやら他殺死体が見つかった場所のようです。

「死体を現場に残すなんてさ。間抜けもいいところだよ。死体は証拠の宝庫だ。この犯人はすぐに捕まる」

「でも死体を処理するのって、すごく難しいって聞きますけど」

「なに、簡単だよ」

敬一郎さんはにっと笑ってみせ、ポケットから一本の鍵を取り出しました。

「こういうものさえ持っていればね」

「海に出ればいい、ってことですか」

敬一郎さんが手にしているのはプレジャーボートの鍵でした。

「そう。ある程度深いところまで行ったら、息の根を止め、錘を抱かせてドボン。これで終了だ。警察には『高波が来て転落した』と説明すればいい。ボートに殺害の痕跡さえ残さなければ問題はない。肝心の死体は海流で流されるから、まず見つからない」

「でも、死体が腐ると腸にガスが溜まるっていいますよね。だったら、いずれ浮いてくるんじゃありませんか」

「ああ。だから殺したあと、もうひと手間だけは、かけなきゃいけない」

敬一郎さんがこちらに手を伸ばしてきました。林檎とナイフを貸してくれ、と要求しているようです。

渡してやると、彼は、

「この林檎を人間の腹だと思ってごらん」

そう言って、ジョナゴールドにナイフをぐさりと突き立てました。

「こうしておくんだ」

あらかじめガス抜きの穴を作っておけばいい、という意味のようです。

どうしてこんな話題になってしまったのでしょう。

敬一郎さんは林檎をばりばりと齧《かじ》り始めましたが、わたしの方はすっかり食欲が失せてしまいました。

そのうち、さっきから聞こえていた拡声器の声がやけにはっきりと耳に届くようになりました。

フロントガラス越しに前方を見やると、横断幕を掲げた徒歩の集団が近づいてくるところでした。人数は全部で百人ほどもいるでしょうか。

横断幕には「さよなら原発　NO NUKES」などと大きな文字で書いてあります。原子力発電所の廃止を訴えるデモ隊のようです。

「さあ行こうか」

どこに行くのでしょうか。よく分かりませんでしたが、敬一郎さんが車から出たので、とりあえずわたしも降りました。

彼はわたしの背中に手を回してきました。そのまま歩道に立ち、じっとしています。どうやらデモ隊が近づくのを待っているようです。

そして隊が真横まで来たとき、敬一郎さんは先頭の一団にぱっと加わり、一緒になって歩き出したのです。

わたしの方も、彼の手で背中を押されるようにされていましたから、一緒に飛び入り参加をするかたちになってしまいました。

敬一郎さんは、周りのみんなにならって拳を突き上げ始めます。

「お義兄さん、原発に反対していたんですか」

周囲がうるさいので、彼の耳に口を寄せてそう訊いてみました。

「ん……。まあね。そうだよ。もちろんだよ。放射性物質は細胞を傷つける。そんなものを出し続ける施設があっていいはずがない」

「でしたら、代替エネルギーをどこから供給すればいいとお考えですか」

この質問は聞こえなかったのでしょうか。返事をせずに敬一郎さんは前に向き直ってしまいました。

それはそうと、汗が出てきて閉口しました。敬一郎さんに振り回されているのと、デモ隊の熱気にあてられたのとで、首から上がカッと嫌な熱を帯びている状態です。

化粧を直さなければと思い、ハンドバッグからコンパクトを取り出し、開こうとしました。

するとと横から敬一郎さんの手が伸びてきて、コンパクトを上からぐっと押さえ付けてくるのです。

「周りを見るんだ、葉苗ちゃん」

「え」

「みんな真剣に世の中の安全を訴えているだろ」

「……はい」

「だったら」敬一郎さんがわたしの手からコンパクトを取り上げました。「化粧なんか直している場合じゃないよね」

そう言われては、すみません、と謝るしかありません。

ところが、偉そうなことを言ったわりには敬一郎さんの態度もおかしいのです。

「原発を、廃止せよーっ。生活の安全を、守れーっ」

周りの人たちは、声を揃えて、そう訴えています。そして敬一郎さんもそのとおり唇を動かしていました。でも動かしているだけです。声が出ていません。いわゆる口パクをしているだけなのです。

結局、市役所の前まで行進したところでデモ隊は解散となりました。

「帰ろう」

敬一郎さんがまたわたしの腕を取ってきます。

わたしたちは並んで、車を停めた場所まで一緒に歩きました。いえ、歩いたというより連行されたといった方が正確でしょう。

車まで戻り、わたしは助手席のドアを開けました。でも、すぐには乗り込まず、代わりに敬一郎さんの目を強く見据えました。

「……どうしたの？」

「それはこっちの台詞です。お義兄さん、さっきから、ちょっとおかしいと思います。どうしたんですか。突然ラーメン屋の行列に並んで、かと思うと食べないで離れますし。デモ隊に飛び入り参加しても、口パクで本当のところはやる気なんてなさそうですし。いったい何がしたいんですか。説明していただけませんか。それとも、わたしをからかっているだけなんですか？」

やはり敬一郎さんは、はっきりとは答えません。ん、ああ、ごめんよ。そんなふうに言葉を濁すだけです。そして、そのあいだにも、苛々した様子で周囲に落ち着きなく目をやっているのでした。

7

パーキングメーターの前を離れると、再び、あてもなく街のあちこちをさまよいました。

三十分ほどもそうしてから、敬一郎さんはまた路肩に車を停めました。ただし今度はパーキングメーターのない場所ですから、厳密にいえば違法駐車です。

そこは大通りから一本入った狭い道路で、交通量の少ないところでした。すぐそばにはテレビ局の大きな建物が建っています。

敬一郎さんが何をするかといえば、サイドウィンドウからテレビ局の駐車場の方へじっと視線をやっています。

やがて彼は、

「ちょっとここで待ってて」

ぼそっと言い置き、車を降りました。そして、どんな用事があるのでしょうか、テレビ局の建物へと入っていったのです。

車のエンジンはかかったままです。さんざん振り回されてきたので、できることなら、もう敬一郎さんの前から逃げたい気分でした。でもわたしは免許証を持っていないので運転できません。

ぼんやり待つうち、また化粧が気になったので、車のサイドミラーを覗こうとしました。すると鏡が下を向いています。敬一郎さんは気づかずにこのまま走っていたようです。

手で向きを直してあげられればよかったのですが、あいにくと電動式で、わたしには操作のしかたが分かりませんでした。

　サイドミラーの向きについては、彼が戻ってきたら教えてあげることにし、代わりにルームミラーを使おうとしました。ところがこっちは、覗き込んでも顔が映りません。どうやら液晶式らしく、これもどこかにあるスイッチを入れないと、鏡として作動しないタイプのようでした。

　わたしは運転席の方に体を傾け、そのスイッチを探し始めました。

　開けていた窓から、誰かの手がぬっと入ってきたのは、そのときでした。

　緑色のゴム手袋をはめた手でした。その手は、わたしが膝の上に置いていたバッグを摑んできました。そして強引に外側へ引っ張るのです。

　ひったくりでした。

　わたしは盗まれる前にバッグを抱え込もうとしました。体を丸めるようにしながら、手の主を見やったところ、相手はまだ大学生ぐらいの若い男でした。

　わーっと大声を出そうと思いました。ですが、それはかないませんでした。口を開いたとたん、強烈な目眩《めまい》に襲われてしまったからです。

　何が起きたかよく分かりませんでした。ただ、顔の左半分が、麻酔の注射でも打たれたように突然痺《しび》れたことだけは、はっきりしていました。

　どうやら男が、わたしの左頰を、拳で力まかせに殴ってきたようでした。

バッグを手放してしまったのは、殴られたショックで全身から力が抜けてしまったせいです。

目の前はちかちかしていましたが、耳はしっかりと働いていて、男が去っていく足音がはっきりと聞こえました。

追いかけなければと思い、わたしは車を降りました。ですが、ダメージは足にも来ていました。数歩よろよろと進んだところで、体の平衡を保てなくなり、たまらずしゃがみ込んでしまったのです。

どれぐらいそうしていたでしょうか。

目眩がおさまってきたので顔を上げると、自分のいる場所から十メートルも離れていない路上で、敬一郎さんがひったくり犯の男を取り押さえているところでした。

わたしが襲われている最中に、彼はテレビ局の建物から戻ってきたようです。犯人が現場から離れようとしたところを、うまく捕まえてくれたのでした。

敬一郎さんの近くには、ほかにも数人の男性が立っています。そのなかにはマイクを持った人と、テレビカメラを担いだ人も交じっていました。ちょうど場所が場所です。騒ぎを聞きつけてテレビ局の人たちが出てきたのでしょう。

ひったくり犯を彼らにまかせて、敬一郎さんがこちらにやってきました。

「殴られたの？」

頷きました。

「話せる？」

口元を押さえたまま首を横に振りました。

「ぜんぜん話せない？」

またうんと頷きました。

「痛かったろう」

敬一郎さんはティッシュでわたしの涙をそっと拭いてくれました。

よく見ると、敬一郎さんも額に切り傷を作っています。

「これ、取り戻したから」

そう言ってバッグを掲げてみせた彼に、お礼を言おうにも、まだ喋ることができません。歯こそ折れていないようでしたが、頬の内側からかなり出血しているようでした。口の中は、釘の束でも舐めているかのように、鉄の味でいっぱいです。

そこへマイクを持った人とカメラを持った人が近づいてきました。

「被害に遭われた方ですね。怪我されたんですか」

わたしに向けられたマイクの前に、敬一郎さんが立ちはだかりました。「彼女は口を切っているので話せません」

「あなたのお名前は」

「重波といいます」

「どちらにお住まいでしょうか」

「この市内です」

マイクの人もカメラの人もどこか嬉しそうな顔をしていました。きっと特ダネの映像が撮れたからでしょう。夕方になれば、敬一郎さんがひったくり犯を取り押さえている生々しい場面は、わたしたちへのインタビューと一緒に放映されるに違いありません。

「ところで――」インタビュアーの人が、また敬一郎さんの前にマイクを突きつけてきました。「お二人はご夫婦でしょうか?」

8

テレビ局の人から解放されたあとは、近くの交番へ行きました。事情聴取を受けたり被害届を出したりするためです。

「大丈夫です。自分でやれますから」

わたしはそう言いましたが、敬一郎さんは、

「まだショックを引き摺っているだろ? 無理しちゃ駄目だ。しばらく横になっていた方がいい」

と主張して譲りません。結局、彼が警察官にいろいろ話しているあいだ、わたしは一人車の中で、シートを倒して待っていました。

敬一郎さんが交番から出てきたときには、もう日が落ちていました。

「家に帰りましょう」

口が痛まないように気をつけながら、そうお願いしました。これ以上どこかに連れ回されたりしたらかないません。

「そうしようか。――でも、お母さんとは連絡がついたの？」

「いいえ」

さっきから何回も電話をしているのですが、いっこうにつながりません。そうこうしているうちに携帯電話のバッテリーも切れかかっているありさまです。

「もしかしたら事故でも起こしたんじゃないかな」

なるほど、こうまで連絡が取れないなら、その可能性は十分にあります。

「もう一度、ゴルフ場までの道をたどってみない？」

敬一郎さんが提案してきます。その考えに同意しながら、敬一郎さんがつけた車のテレビに目をやると、ちょうど夕方六時半の地方ニュースが始まったところでした。

《今日午後S市内で、ひったくり犯が、被害者の夫によって取り押さえられました》

その画面から、わたしは目をそむけました。自分の痛々しい姿など見たくありません。

一方、敬一郎さんはといえば、ハンドルを握りながらも、目はテレビに釘付けです。その表情はとても満足げなものでした。

《お二人はご夫婦でしょうか？》

聞き覚えのある声が、車のスピーカーからわたしの耳に入ってきました。マイクを持っていた人の質問です。

《はい》と答える敬一郎さんの声も聞こえてきました。そうです、夫婦ですかという質問に、敬一郎さんは「イエス」と答えたのです。

わたしは頭を抱えたくなりました。

「お義兄さん、笑えない冗談はやめてください」

姉がこれを見たら、わたしは何と言われるでしょうか。

そういえば、母には何度も電話をかけてきましたが、姉には一度きりでした。姉なら母の情報を何か持っているかもしれません。そう思って、バッテリーの残量を気にしながら、姉の携帯番号を呼び出してみました。

コール音を三回ほど聞いたとき、運転席の敬一郎さんがこちらに顔を向けてきました。

「沙苗にかけているの？」

「そうです」

「出ないだろ」

「ええ。――もう、何してるんだろ」

「ここだよ」

「はい？」

「ここだよ、沙苗は」

そのときコール音がひとりでに途切れました。端末のバッテリーが完全に無くなったようです。

「ここって、どういう意味ですか。よく分かりません」

訊くと、敬一郎さんは、話題を変えよう、というように軽く手を振りました。

「葉苗ちゃん、面白い技を見たくないか」

「技……ですか。どんな技でしょう」

「見たいかい。見たくないかい」

「……見たいです」

敬一郎さんがブレーキを踏みました。そこはもう山道に入った場所でした。この時間帯ですから、行き交う車などありません。

「ちょっと待ってて」

彼は車を降り、後ろの方へ行きました。トランクを開けています。

助手席の方へ戻ってきたときには、手に工具箱を持っていました。その箱からレンチを取り出すと、左の前輪に向かって何やら作業を始めます。

わたしは窓を開けて彼の様子を観察してみました。

敬一郎さんは、今朝も母の車に対してそうしていたように、レンチをタイヤのホイールナットにあてがっているところでした。どうやら、固く締まったナットを緩めているようです。

作業を終えると、彼は運転席に戻ってきて、車を出しました。すると乗り心地が変わっていました。がくがくと妙な揺れ方をしています。

わたしは不審に思う気持ちを隠すことなく顔に出し、訊ねました。「いまナットを緩めていたんですよね」

「ああ」

「そんなことをして大丈夫なんですか。だいぶ走りが不安定なようですけど」

「大丈夫じゃないよ。このまま走り続ければタイヤが外れる」

「そんな。危ないですよ」

「心配ないって。ゆっくり走るから。外れても危険はない」

スピードメーターを見ると、たしかに時速は二十キロも出ていません。

「予備のホイールナットとボルトもちゃんと用意してあるしね。外れたらまた付け直せばいいだけだ」

「ところで葉苗ちゃん。ちょっと訊くけど、左の前タイヤはさ、あと何キロ走ったところで外れると思う？」

「でも……」

そんなことを訊かれても分かるはずがありません。

「お義兄さんは当てられるんですか」

「たぶんね」

「どれぐらいですか」

「一キロ」

「本当ですか」

「ああ。メーターをよく見ててごらん」

がくんと車体が傾いたのは、それから三分ばかり走ったときでした。

窓から外を見ると、脱落した左前輪が、ころころと前方へ転がっていくところでした。

メーターに示された距離を確かめてみたら、なるほど、先ほどから比べて、ちょうど一キロだけ増えています。

「ね、ぴたりと当たっただろ。これがぼくの技なんだ。面白かった？」

いいえ、あまり。正直にそう答えるしかありませんでした。

「いまのはただの遊びだけど、怖いのは、ときどき、これをそっと誰かの車に仕掛けるやつがいることだよ。舗装された道でなら、車が妙な揺れ方をするから、タイヤが異常だってすぐに分かる。でも悪路を走っていたら見過ごしてしまうよね」

「でしょうね」

「そうなると、これはもう、いわゆる完全犯罪だ。タイヤの脱落で死んじゃった場合、警察は普通、事故死として処理するからね」

彼の言うとおりかもしれません。日ごろから命を狙われていた、という事情でもなければ、他殺だなどと誰も考えないでしょう。

敬一郎さんは、外れたタイヤの付け直しに取り掛かりました。車をジャッキアップしてからタイヤをセットし、すべてのナットを締め直すまで、要した時間は二、三分程度だったと思います。見とれてしまうほど手早い作業でした。

再び走り始めて、しばらくしたころ、

「十年」

突然、敬一郎さんが、そうぽつりと口にしました。

「十年だ。ぼくが油まみれのつなぎを着ていた期間はね。十年間も車の整備をやっていれば、勘のいい人なら、だいたい分かるようになるんだよ。どれぐらいナットを緩めれば、何キロ先でタイヤが外れるかが」

少し寒気を覚えました。敬一郎さんの顔つきが変わっているように見えたからです。

9

「まだ誰も気づいていないのか……」

そう独り言ちてから、敬一郎さんがまた車を停めたのは、タイヤを直してから二キロばかり走ったころでした。

「気づいていない？　何にですか」

「あれ」

敬一郎さんはわたしを指さしました。いえ、正確にはわたしを通り越して、助手席側のサイドウィンドウをです。

その窓から、わたしは外を見てみました。そのとき初めて気づいたのです。道路脇に立つ木の枝が大きく折れていることに。

それは事故が起きた痕跡に間違いありませんでした。誰かの車が、この木に激突したということです。

わたしはドアを開けて外に出ました。

そこは未舗装の悪路で、おまけにガードレールもない場所でした。路肩の向こう側は深い谷底のような地形になっています。

暗くてよく見えませんが、目を凝らしてみると、七、八メートル下に一台の車が転落しているのが分かりました。

「もしかして、あれ……」

「そう。女帝の車だよ。我が家の」

敬一郎さんの声が、近い位置から聞こえました。振り返ると、いつの間にか彼も車から降り、トランクの近くに立っていました。

「女帝本人も、まだ車内にいる。車同様、とっくにオシャカになっているけどね。死亡時刻は、ぼくが確認したところ、今日の午前十時三十分だった。葉苗ちゃんが助手席ですやすやと眠っていたときだよ」

わたしは後退りするようにして敬一郎さんから離れました。足がもつれたのは膝が震えたせいです。

敬一郎さんの態度と、さっき披露したタイヤ外しの技とを考え合わせれば、これがただの事故でないことは明らかでした。

「葉苗ちゃん。どこへ行くつもり？　こっちに来なよ。もっといいものを見せてあげるから」

敬一郎さんは車のトランクを開けました。

「ほら、こっちだって。葉苗ちゃんがさっきから捜していたものがあるんだよ、ここに」

捜していたもの？

何でしょうか。見たいという思いに負けて、わたしは後退りをやめました。そして敬一郎さんとのあいだに距離を確保しながら、トランクの中を覗き込めそうな位置まで移動しました。

その場所からトランクの中を見るには、ちょっと背伸びが必要でした。

そして爪先立ちをしたまま、わたしは固まってしまったのです。

トランクに入っていたのは人間でした。生まれたときからずっと、二十七年間も付き合ってきた、わたしがとてもよく知っている人間でした。

姉の沙苗は、かっと目を見開いていました。全身が土で汚れ、小枝や落ち葉が衣服のところどころについていました。

「沙苗の死亡時刻は、今日の午前十時三十三分だった。母親より三分だけ長く生きていたんだ」

わたしはトランクから顔をそむけようとしました。でも無理でした。姉の遺体と自分の目とのあいだに、見えない鎖でもぴんと張られてしまったかのように、まったく視線をそらすことができなくなっていました。

「言っておくけど、沙苗をトランクに入れたのは、ぼくが最初じゃないよ」

ぼくが最初じゃない——敬一郎さんが口にしたその言葉で、いったい何が起きたのか、だいたい分かりました。

母です。

ゴルフに出かける前、わたしが皿洗いをしているときに、母は姉をトランクに閉じ込めたのでしょう。それは、いくら体力があるとはいっても、一人では難しい作業です。ですから、おそらく敬一郎さんも手伝わされたのではないかと思います。

母は姉を、自分が運転する車のトランクに入れて、ゴルフ場に向かっていたのです。

「まったく、とんだ手違いが起きちまった。……許せよな、沙苗」

そう、手違いでした。敬一郎さんは、義母一人だけを始末するつもりでホイールナットを緩めておいたのだと思います。ですが出発間際になって、その車に、殺すつもりのなかった妻までもが積み込まれてしまったわけです。

焦りに焦ったことでしょう。

義母の車はたぶん、自分が計画した地点でタイヤ脱落を起こし、結果、路肩から転落していくだろう。うまくいけば義母は死ぬ。だが、そうなると妻まで一緒に死んでしまうかもしれない——。

妻の死。それは敬一郎さんにとって不都合きわまりないことでした。

どんな点で不都合なのか?

相続です。

敬一郎さんは重波家に婿入りしてはいても、養子縁組は行っていないので、富士子の財産を相続する権利を持っていません。

それを手に入れるには「富士子が死んだ後も沙苗は生きていた」という事実が、どうしても必要なのです。その事実を作り、世間に向かって公表できれば、いったん沙苗が富士子の財産を相続したというかたちを作ることができます。そして敬一郎さんは沙苗の夫です。妻の財産なら堂々と相続できるわけです。

富士子が死んだのは午前十時三十分。

沙苗が死んだのはその三分後。

敬一郎さんの言葉によれば、という限定つきですが、実際に、富士子が死んだ時点で、まだ沙苗は生きていたようです。

それでも敬一郎さんは、転落現場から沙苗の遺体を引っ張り上げ、世間の目から隠しておかなければなりませんでした。

それは「32－2」のせいです。

転落事故のあと、本当に沙苗が富士子よりも三分間だけ長く生きていたとしても、そんな微妙な差異を証明する手立てなどありません。ですからこの場合は、民法の決まりで、同時に死亡したと見なされてしまいます。「富士子が死んだ後も沙苗は生きていた」

という事実が否定されてしまうのです。

でも、そうなっては莫大《ばくだい》な財産は一銭残らず自分の前からするりと逃げていってしまいます。

ですから、富士子の車が転落していく様子を後ろから見ていた敬一郎さんは、とりあえず沙苗の遺体だけを回収してトランクに入れました。入れたまま、半日ものあいだ、市内を走り回っていたのです。

「さてと、葉苗ちゃん」敬一郎さんがそっと近寄ってきました。「きみにお願いがある」

「……何ですか」

「いまこの場で決めてほしいんだ。これから先、ずっとぼくの味方をしてくれるのか。それとも、この事態を警察に通報するのか。どっちを選ぶのかをね」

彼はわたしに頼んでいるようです。いまからしばらくのあいだ、沙苗のふりをして一緒に暮らしてくれないか、と。

これは当然予想された申し出でした。

富士子が死んだのは今日の午前十時半だといいます。その点についてはいずれ警察も、遺体の状態から知ることになるでしょう。

でも、それだけでは足りません。「富士子が死んだ後も沙苗は生きていた」というはっきりした事実までをも世間に向かって提示しなければ、敬一郎さんは財産を相続できません。

ですが沙苗はもう死んでいます。遺体では役に立ちません。となれば生きている双子の妹を使うよりほかないでしょう。

「もしお断りしたら、わたしをどうするつもりですか」

「そうだな。こういうのはどう？」

敬一郎さんは薄く笑いながら、右手を軽く持ち上げました。手の下で何かがぶらぶらと揺れています。プレジャーボートの鍵のようです。

続いて彼は左手も上げました。こちらでは何かが夜闇《よやみ》の中で鈍く光っています。それは林檎をむくのに使った果物ナイフに違いありませんでした。

＊

――それで話は終わり？

そうあたしは葉苗に目で問いかけた。

「終わりです。記憶の方はどうですか、お姉さん」

――戻ったよ。おかげさまで、すっかりとね。

「こんな話だったら思い出さない方がよかったかもしれませんね。すみません。あの世に行ったあとまで苦しめちゃって」

——いいの。後悔はしていない。そもそも、あの男を旦那に選んじゃったのは、あたしなんだから。

ここで葉苗はひくひくと鼻を動かした。そして少し悲しそうな顔をした。たぶん潮の香りを嗅いだからだろう。

——ところで葉苗ちゃん、あなたまであの男に縛られて、こうしてトランクに放り込まれたってことは、もしかして選んじゃったの？　警察に通報する方を。

「はい」

きっぱり答えた葉苗に、もうっ、とあたしは呆れてみせた。

——駄目じゃない、命を粗末にしちゃ。

「そんな……」

——なに拗《す》ねてんの。まさか、褒めてもらえるとでも思った？

「もちろんです。だってわたしは、自分がどうなろうと、お義兄さんの悪事にはいっさい加担しなかったんですから」

いや、それは違う。

葉苗はまだ分かっていない。どうして敬一郎のやつがラーメン店の前に並んだのか。なぜデモ隊に参加したのか。その理由が。

要するに、テレビに映りたかったのだ。

人気ラーメン店がオープンするとなれば、放送局から取材クルーがやってきてもおかしくはない。そのとき行列に並んでいれば、インタビューを受けられるかもしれない。位置が先頭ならば、なおさらそのチャンスに恵まれやすいだろう。

原発反対のデモだって同じだ。これもニュースとしての価値をそれなりに持っているから、参加していれば、自分の姿がカメラに捉えられる可能性は十分にあった。

しかし実際には、いずれの場合もクルーはやってこなかった。

そこで敬一郎は、テレビ局の前で駐車場を張り込んだ。もっと言えば、そこに停まっている中継車を見張っていたわけだ。中継車は毎日夕方になると出動し、県内のどこかから当地の様子を生でお茶の間に伝える。

だからその車を尾行していけば、リポーターの背後に紛れ込むかたちで、テレビに映ることができる。

敬一郎が局の建物に入っていったのは、きっと、中継車の出発時間を確認するためだったのだろう。

ところが思いがけずひったくり事件が起き、あいつの望みは棚から牡丹餅《ぼたもち》式にかなってしまった。そして中継車を追いかける必要もなくなったというわけだ。

しかしなぜ、そんなにまでして、あの男は公共の電波に姿を乗せたかったのか。

考えるまでもない。

テレビに映したかったのは自分ではなく、連れの女の方だったということだ——。

「それに」葉苗が言った。「わたしが協力を拒んだので、敬一郎さんはお母さんの遺産を一銭も相続できないんですよ。あの人は、これからお姉さんの替え玉探しを始めるんでしょうけど、四苦八苦するに決まってます。替え玉なんて、そんなに都合よく見つかるはずがありませんから」

もしこの手が自由に動くなら、あたしは目を覆ってしまいたかった。いったいどこまで間抜けな妹なんだ。替え玉探しなんて、もうとっくに終わってるってのに。

——葉苗ちゃん、あなた、コンパクトを持ち歩いていたよね。

「ええ。でも、お義兄さんに取り上げられたままです」

——用を足したかったら外でやれ。そうあいつに言われたそうだけど、その理由が分かってる?

「……さあ」

——まともなトイレには、ちゃんとあるからだよ。鏡がね。

このとき、あたしの鼻もようやく潮の香りを嗅いだ。

耳をすませば、車のエンジン音に混じって波の音も聞こえてくる。いよいよプレジャーボートの繋留《けいりゅう》場所に近づいてきたようだ。

残された時間は少ない。

あたしは必死に考え始めた。葉苗の右目。その下にマジックで描かれた黒い丸印を、本人に見せてやるにはどうしたらいいかを……。

黄色い風船

1

わたしは散歩用のリードを持ってリンの小屋に向かった。

五歳になる雌のラブラドールレトリバーは、もう自分の家から外へ出ていた。きゅんきゅんと切ない声で鳴きながら、興奮気味な足取りで庭土の上を歩き回っている。

リンのそばにしゃがみ込んだ。首輪からチェーンを外し、代わりにリードを取り付けたところ、心臓の拍動が急に激しくなり始めたのを感じた。いつもそうだ。

犬の首輪にリードをつける。この動作が、死刑囚の首にロープをかける行為を連想させるからだ。

朝、こうして散歩の準備をするたびに、わたしは寿命を何日か縮めてしまっているのではないか。そんなことを考えながら動悸が鎮まるのを待っていると、一つの顔が脳裏に浮かんだ。

——与田《よだ》耕一《こういち》。

死刑判決が確定したあと執行までの期間は、平均して五年だ。彼の場合、もうすぐその五年も過ぎ去ろうとしている。

絞首台にぶら下がったロープの輪。それに与田の首を通すのは、もしかしたら、わたしの仕事になるかもしれない……。

リンに引き摺られるようにして門を出た。

長く散歩を続けていると、顔見知りが増える。出発してから二十分の時点で、四人の知り合いと行き合った。その都度わたしは立ち止まり、束の間、彼らと世間話に興じた。

一つ言葉を交わすたびに、早く先に進もうとするリンに引っ張られ、わたしと相手の距離は数センチずつ遠くなっていく。

いつもの散歩コースを一周し、もうすぐ自宅へ帰り着くという地点で、前から歩いてくる細長い人影があった。

伊藤《いとう》だ。ときどきすれ違うため、挨拶をするうちに苗字ぐらいは知るようになったが、ほかにこの人物について把握している情報はほとんどなかった。町内のどのあたりに住んでいるのかも分からない。

見たところ六十七、八ぐらいか。年齢からすれば、いまは仕事を引退して隠居の身だろう。

わたしから見て、自分は道路の左側を、伊藤は右側を歩いていた。

思ったとおり、リンが急に落ち着きをなくし始めた。このところ、伊藤と出くわすと、たいていこうなる。

手にしているリードが強い力で引っ張られた。リンが道路の反対側にいる伊藤に向かってすり寄っていこうとしている。

おはようございます、と挨拶の言葉をかけながら、わたしはリンの後を追うようにして、伊藤の方へ寄っていった。

伊藤も斜めに進路をかえて、わたしとリンの方へ近寄ってくる。

「残念ですが、明日以降、しばらく会えなくなります」

伊藤はリンを撫《な》でながら、わたしの方を見ずにそんなことを言い出した。

「今日の午後から入院することになったんです」

「どこかお悪いんですか」

「腹の張りが治まらないので、診てもらったら、肝臓に癌が見つかってしまいましてね。転移している疑いも濃厚でして……。明日手術をして、そのあと二週間ぐらいはずっと病院にいなきゃいけないようです」

伊藤は下を向いたまま、恥ずかしそうに頭に手をやった。

わたしはいまの話を聞いても、あまり驚かなかった。以前から、この人は体調があまりよくないのではないかと気づいていたからだ。伊藤はずいぶんと、皮膚や目の色が黄色かった。

監視という行為が業務の中心を占める。そんな刑務官などという職業に就いていると、無意識のうちに人をじろじろと観察してしまう癖がついてしまうものだ。

「どこの医者に診てもらっているんですか」

「市立病院の蓑島《みのしま》先生です」

蓑島健郎《たけろう》ならよく知っている。名医と評判の男だ。

わたしが働いている拘置所の医務室には、何人かの医師が交代で勤務している。蓑島もその一人だった。普段は市立病院にいるが、週に二日は拘置所にやってきて被収容者を診察している。

「じゃあ、また会おうな。もしこっちが生きていたら」

リンに向かって軽くふざけてみせてから、わたしに目礼し、伊藤は去っていった。

その背中をリンは追おうとしている。彼女の力は強かった。踏みとどまるには、リードを持つ手にかなり力をこめなければならなかった。

「ほら、帰るぞ」

わたしはリードを引っ張りながら、なぜだろうと考えた。

今日の散歩では、合計五人の人間とすれ違った。リンは最初の四人にはまったく関心を示さなかった。ところが伊藤にだけは、いつものように興味津々の様子ですり寄っていった。

伊藤は手ぶらだったから、食べ物を携行していたわけでもない。それに犬を飼っているふうではないから、同種族の仲間が放つにおいが衣服に染み付いていた、といった事情も考えにくい。

ではいったい、リンは伊藤のどこに、これほど関心を抱いているのだろう……。

2

もうすぐ午後一時。昼の休憩時間が終わろうとしていた。

わたしは休憩室の椅子から立ち上がり、鏡の前に立った。

伊藤はもう入院の手続きを終えただろうか。そんなことをちらりと考えながら、制帽を被り、ネクタイの曲がりを直す。

わたしのネクタイは、いわゆるワンタッチタイプだった。「装着に二秒いただきます」との触れ込みで販売されている商品だ。プラスチック製の短い棒が二本の角のように結び目から飛び出している。この棒のあいだにあるクリップで、ワイシャツの襟元を挟むだけでいい。わざわざ首をぐるりと一周させ、せっせとノットをこしらえる必要はない。

そのとき気がついた。高浜《たかはま》が後ろに立ち、鏡の中からこちらの喉元のあたりにじっと視線を当てている。

「このネクタイが気になるか？」わたしは若い後輩と鏡の中で目を合わせた。「こいつはな、イギリス流ってやつだよ」

　誰かに聞いた話だが、英国の刑務官がしているネクタイは、やはりこうしたワンタッチタイプらしい。被収容者から不意に引っ張られた場合に窒息しないための防御策、ということだ。

　もっとも、わたしには被収容者から首を絞められた経験などなかった。ワンタッチ式にしている理由は、普通のネクタイよりもこちらの方が、少しでも絞首刑を連想せずに済むからだった。

「それ、どこで買えるんです？」

「さあな。もらいものだから、おれも知らん」

　このネクタイは、二年前、わたしが初めて死刑の執行に立ち会ったあと、兄から贈られたものだった。万事につけて気の利かない弟とは違い、四つ年上の兄は、相手の心情を汲《く》み取った品物を、時宜を捉えて贈ってくるのが常だった。弟が言うのも何だが、さすがは県警の刑事部長にまで出世しているだけのことはある。

「楽でよさそうですね。おれも使ってみようかな」

「若者が年寄りの真似をしてどうする」

わたしは体の向きを変え、正面から高浜の肩に手を置いた。

「じゃ、行くか」

高浜を従え、休憩室を出た。

拘置所の内部は未決区と確定区に大きく分かれている。わたしたちが向かった先は建物の北側——確定区だった。

「診察っ。投薬っ」

高浜にそう告げさせながら、独居房の並ぶ廊下を歩いた。

「希望する者は申し出るようにっ」

週二回、火曜日と金曜日の午後は、健康状態の思わしくない被収容者たちに、その旨を自己申告させることになっていた。

実を言えば、薬をもらいたいのはわたしだった。ときどき臍のあたりが痛くてたまらなくなるのだ。

腹痛を訴える同僚は少なくなかった。神経性胃炎や胃潰瘍は、この仕事の職業病と言ってもいいのかもしれない。

被収容者が房内のスイッチを押すと、廊下側のドア上にあるランプが点灯するから、外部からそれが分かるような仕組みになっている。

いま、一つの房でランプが点灯したため、わたしは高浜と一緒にそちらへ向かった。

【四七〇　与田耕一】

扉の右側に掲げられた札に目をやると、称呼番号の末尾、「〇」の数字だけが特別大きく見えた。この拘置所では末尾がゼロの囚人――ゼロ番囚とはすなわち死刑囚のことだ。

扉には、ちょうど目の高さに横長の細い窓がついている。開房する前に、その視察孔から中を覗いてみた。

三畳半の独房内で、与田は、いつもよりくたびれた顔をしていた。

わたしは鍵を使って鋼鉄製の扉を開け、入り口に近い位置でこちらを向いて正座をしている与田を見下ろした。

「与田、どうした」

「……気分がすぐれません。腹も張っています」

たしかに与田は顔色がよくなかった。皮膚や目も黄色がかっている。

わたしは彼を出房させた。

先頭を歩かせ医務室へ向かう。拘置所の中では被収容者に手錠は掛けない。

足に力が入らないのか、与田のスリッパは、廊下の床をやや引き摺っている。

ここから医務室までは、百メートル近い距離を歩くことになる。肩を貸してやろうか。

一瞬、そんな気持ちが頭をよぎった。

与田は、七年前に起きた強盗殺人の容疑で死刑判決を受けていた。

このS市内で老夫婦が殺された事件だった。現場は夫婦の自宅で、室内には物色された痕跡があり、現金がいくらか消えていた。

事件の直前、水道の修理人として被害者宅に出入りしていたのが与田だった。また、当時の彼は、友人の作った多額の借金を連帯保証人として肩代わりしている、との事情も抱えていた。

与田本人は無実を主張し、再審の請求を続けているところだった。

気がつくと、わたしの視線は与田の首筋ばかりを見ていた。

医務室の入り口にあるホワイトボードには、本日の担当医として蓑島の名前が記されてあった。

与田を連れて入ったとき、蓑島は書類仕事に追われていたようだが、すぐにその手を止め、手早く診察に取り掛かってくれた。

視診や触診だけでなく、採血をし、レントゲン写真まで撮影した。

刑事施設の医療環境は概して貧しいものだが、この拘置所は例外だった。昔からこの方面には力を入れていて、一般の診療所として電話帳に登録されているほどだ。

「検査の結果が出ないと何とも言えないが、ざっと診たかぎりでは、目立った異常はないようだ。まあ念のため、腹部の張りを抑える薬を出しておこう」

そう与田に言ったあと、蓑島はわたしの方へ顔を向けた。

「横臥《おうが》許可を出すけれど、異存はないね」

「はい。お願いします」

与田を連れて帰ろうとすると、蓑島に「ちょっと」と呼び止められた。わたしはいったん与田を高浜に任せ、蓑島に向き合った。

「梨本《なしもと》さん。あなたはさっきまで、あの死刑囚をずいぶんじろじろ見ていたね」

気づかれていたか。

「何か気になることでも？」

「いいえ。別にありません」

口ではそう言ったが、実はあった。与田は、顔と目が黄色で、腹部に張りを覚えているという。伊藤の様子とよく似ているのだ。

それにしても、ゼロ番囚を連れて医務室に来ると、いつも嫌な疲れを感じてしまう。

彼らが病気に罹っているとしたら、放っておけば、あとは勝手に死んでくれるかもしれない。だが、それは許さず、わざわざ治す。そうしてから、結局は絞首台に送る。

死刑囚は健康でなければ処刑されない。

この理屈は、何となく理解できるような気もするが、根本の部分に大きな矛盾を抱えているようにも感じられてならない……。

五日後、蓑島が与田の診断書を出してきた。それには蓑島の直筆で「異常所見なし」と記されていた。

3

朝、自分の机で被収容者の処遇状況を報告書にまとめていると、背後から高浜が顔を寄せてきた。

「ネット通販で買っちゃいましたよ、これ」

言って高浜は、襟元から縞《しま》模様のネクタイをぱっと取り外してみせた。

「ちょうどいいところに来た。高浜、きみの飼っているワンコだけどな、種類は何だっけ」

若い後輩は、嬉しさ半分落胆半分の表情を作った。相手がネクタイの話には乗ってこなかったが、代わりに犬の話を振ってきたからだ。高浜は、刑務官の採用試験に受からなければブリーダーかトリマーを目指していたというぐらいの愛犬家だった。

「エアデールテリアです。雌で、八歳になります」

「エアデール……。ああ、あのもじゃもじゃしている縫いぐるみみたいなやつか」

高浜は少しむっとした。「見た目はそうですけど、優秀ですよ」

歴史的に見れば、狩猟犬、軍用犬としても有名です。日本警察犬協会が警察犬として認めている犬でもありますし。拘置所でも飼えばいいんですよ。違法な差し入れを摘発させるんです。かなりの成果を挙げると思いますよ。——高浜は早口でささやかな講釈をぶった。

「名前は？」

「ケイトです」

えらく洋風だなと思ったが、よく聞いてみると、命名の理由は、その犬が毛糸のにおいが好きだからだという。

「じゃあちょっと考えてみてくれ。いいか、いまケイトを散歩に連れ出したとしよう」一週間前の朝を思い出しながら、わたしは続けた。「すると当然、何人かの人間とすれ違うわけだ。だが彼女はあまり人には興味がなくて、いつも知らん振りして通り過ぎる」

「うちのは、かなり人懐っこいですよ」

「仮定の話だ。続けるぞ。——今朝、五人の人間と出くわしたケイトは、四人目までは無関心でスルーした。ところが、最後の一人だけには強い興味を示した。こんな場合、どう解釈したらいい」

「普通に考えれば、犬は嗅覚の動物ですから、その五人目がケイトが気にするにおいを発散させていた、ということになりますね。その五人目は、毛糸のセーターでも着ていたんでしょう」

「なるほど。じゃあもし着ていたものが毛糸じゃなかったら？」

「ほかの動物のにおいをさせていたのかもしれませんね。その五人目の人も家で犬でも飼っているんじゃないんですか。あるいは猫とか」

「それ以外には考えられないか」

「何か隠し持っていたのかも」

「何かって何だ？」

「例えば麻薬とか」

「……なるほど」

「とにかく、そういう場合ケイトは、その五人目だけが持っているあるもののにおいを探知したわけです」

拳銃やら地雷やらトリュフやら、いろんなものを犬は嗅ぎ当てるでしょう。お金探知犬、シロアリ探知犬なんてものまでいるぐらいです。最初の四人が持っていなくて、五人目だけが持っているものだったら、それが何であっても、おれは驚きませんね——。

高浜の説明を聞いているうちに、午前十時を過ぎていた。今日はこれから与田に戸外運動をさせなければならない。

若い後輩に礼を言ってから、わたしは制帽を被って立ち上がった。

与田の房へ行き、視察孔から覗いてみると、彼は胡坐《あぐら》をかいて座卓に向かっていた。スケッチブックに鉛筆で絵を描いている。

「与田、開けるぞ」

声をかけると、与田は正座をした。

わたしは座卓を指さした。「その絵をよく見せてくれないか」

与田が手渡してきたスケッチブックを、わたしは目の前に掲げてみた。

画用紙を縦に使い、上端に近い部分に、風船が一個だけ描いてある。

下端には横線が引いてあり、草のようなものが描かれてあった。これは地面を意味しているのだろうと思われた。

よく見ると、風船の中には記号のようなものが描いてあった。単純な形をしている。縦棒が一本引いてあり、その下に丸が一個ついているだけだ。

「この絵には」わたしは風船内に描かれた【|○】から目を離さずに訊いた。「何か意味があるのか。よかったら、教えてもらえないか」

与田は目を伏せた。説明したくないのか、それともできないのか。もし後者なら、想像の赴くままに筆を走らせただけの、まるで意味のない絵、ということだろう。

「まあいい。ありがとう」わたしは与田に絵を返した。「ところで、現在の体調はどうだ」

「あまりいいとは言えません」

与田は前髪をそっと指で払った。もう目にかかる長さになっているが、散髪する気はないらしい。

「これから戸外運動の時間だが、どうする？　やめておくか」

数秒間迷う素振りを見せてから、与田は立ち上がった。「行きます」

与田を廊下に出した。

戸外運動は一週間に三回設けられている。時間は一回三十分。ただし房から運動場への往復を含んでの時間だ。

運動場に続く廊下を歩きながら、わたしは与田の背中に向かって口を開いた。

「蓑島先生の診断書は見たか」

その内容はすでに、看守長から与田に伝えられているはずだった。

「……はい」

よかったな、何ともなくて。そう声をかけようかと思ったが、結局やめておいた。

運動場に出た。通称「鳥小屋」と呼ばれている狭い場所だ。

円形のスペースをいくつかに区切って作ってあるため、一つ一つは扇形をしている。

扇の要にあたる箇所が出入り口で、そこから向こうへ行くほど広くなる。奥行きは五メートル、突き当たりの横幅は二メートルほどしかない。この狭さでは走り回ることなど到底無理で、できることと言えば軽い体操ぐらいだ。

頭上に設置された金網を通して空を見上げれば、いま、分厚い雲の隙間から太陽が顔を出そうとしているところだった。

入り口の近くにいるわたしに背を向ける格好で、扇の外縁部に近い位置に立ち、与田は両手を横に広げた。

首を後ろにそらしている。この位置からでは顔が見えないが、おそらく目を閉じて外気を目一杯吸い込んでいるのだろう。

それから与田は膝の屈伸運動を始めた。だが、ほんの四、五回で動きを止めてしまった。

「使うか」

わたしは与田に縄跳びの縄を差し出した。与田が受け取り跳び始めたが、一度足に引っ掛けると、もうそれ以上使うのをやめてしまった。ちょっと動いただけで疲れてしまうようだ。

「使わないなら返しなさい」

気がつくとわたしの視線は、また与田の首に行っていた。

ロープの類が目に入ると、どうしても極刑の執行現場を連想してしまう。手元に回収し、後ろ手に持っておかないと落ち着かなかった。

「本に書いてあったんです」

わたしの手に縄を戻しながら、与田はそうぽつりと言った。

「……何の話だね」

「さっきわたしが描いていた風船の話です。この前読んだ本に書いてあったんです。『心配事は風船で飛ばせ』って」

悩み事や不安に思っていることがあれば、まず頭の中に大きな風船を思い描くんです。そしてその風船に、悩みや不安を吹き込み、大空へ飛ばしてやる。そのようなイメージを描くと心が軽くなるそうです――。

そうした与田の説明を聞いて、わたしははっとした。縦棒に丸。風船の絵に描き入れてあった記号の意味が、いまさらながら理解できたからだ。

ロープ。絞首台にぶら下がっているそれだ。

ならばあの絵は、吊るされる恐怖を少しでも忘れようとして描かれたもの、ということになる。

「できるだけ明るい気持ちになるためには、風船の色は黄色がいいらしいです」

そう言い添えた与田の口調には、気のせいだろうか、どこか諦念めいたものが潜んでいるようにも感じられた。

与田を房に戻したあと、わたしは、上司である看守長のもとへ行った。

「一つ起案したいことがあるのですが」

看守長は怪訝そうな顔をした。それも当然だろう。刑務官に採用されてから三十年近く、マニュアルだけを淡々とこなしてきたわたしにとって、自分から何かアイデアを出すなど、かつて一度もなかったことなのだから。

わたしは出世欲というものも皆無で、いまだに平看守だ。県警の刑事たちを束ねている兄とは、この点でもえらい違いだった。

「どんなことだね」

「被収容者の戸外運動についてですが、縄跳びだけでは飽きると思うのです。そこでバレーかバスケットのボールを取り入れてはどうでしょうか」

拘置所によってはボールの使用が許されているところもあるが、ここでは伝統的に禁止されていた。

「駄目だな。大きなボールは危険だ」

反対されるのは想定内のことだった。ましてこの看守長は、杓子定規《しゃくしじょうぎ》という言葉がそのまま人間になったような相手だ。

「では、風船を使ってはいかがでしょうか」

「……風船？」

「はい。ゴム風船です。それならば安全だと思います。値段も高が知れていますので、予算から支出していただく必要はありません。わたしが自腹で準備します」

4

入院患者との面会が許されるのは、午後二時からだという。

早く来すぎてしまったため、消化器病棟の廊下で、読みたくもない雑誌のページをぼんやりとめくりながら待つ羽目になった。

やがて壁に掛けられた時計の針が、ようやく二時を回ってくれたので、わたしは椅子から立ち上がった。

病室入り口には入院患者の名前を書いたプレートが設置してある。それを見て、伊藤の下の名前が重治《しげはる》であることを知った。

こちらの姿を目にした伊藤は、驚いてベッドから体を起こしたあと、やや戸惑う様子を見せた。それもそうだろう。散歩ですれ違う程度の相手がわざわざ見舞いに現れたら、わたしだってびっくりするし、どう接していいものか迷ってしまうに違いない。

「突然お邪魔してすみません」「いえいえ、ありがとうございます。お仕事はお休みですか」「いえ、今日の出番は夕方からなんです。で、どうですか、具合は」「何とか生きてます」「またまた。だいぶお元気そうですよ」「ははは、お世辞じゃないことを祈ります」……。

そんな通り一遍の会話を交わしたあと、わたしは持参したセカンドバッグのファスナーを開けた。

「手術はうまくいったようですね」

「一応、肝臓の方だけは、そうみたいです」

「不躾《ぶしつけ》な質問ですが、転移はやはりしていましたか」

「はい。胃の方に。こっちの方は明後日手術の予定です」

「そう言えば、最近、こんな話を聞いたんですよ」

セカンドバッグの中からゴム風船を一つ取り出した。ここへ来る途中の雑貨店で、三十個ばかりまとめて買い求めた。そのうちの一つだった。

「不安は胸の中にしまっておかずに、風船の中に吹き込んで、空に飛ばしてしまうといいそうです」

わたしは伊藤に風船を手渡した。

黄色いゴム風船を受け取った与田は、今日も艶のない顔をしていた。

「このたび運動の時間に、これを使っていいことになった」

その旨、すでに被収容者たちには文書で知らせてあったが、一応口でも説明した。

「膨らませて自由に使っていい。壁にぶつけてもいいぞ。手で打っても足で蹴っても、何をしてもいいから、好きなように運動しろ」

与田はゆっくりとした手つきで風船を口元の高さにまで持ち上げた。

「これに、わたしが自分で息を吹き込めばいいんですか」

「そうだ」

「本当にいいんですか」

本当はよくない。被収容者に自分で空気を入れさせると、風船を呑み込んだりするおそれがある。そのため規則では、看守が膨らませ、それを手渡すことになっていた。もっとも、看守長にバレさえしなければ差し支えないだろう。まさか与田が告げ口などするはずもない。

「かまわんよ。——いや、ちょっと待て」

わたしは与田からいったん風船を受け取り、マジックペンを使って縦棒に丸の記号を描き入れてから、彼に返した。

「どうせだ。膨らませるときは、胸の中にある不安を全部ここへ吐き出しちまえ」

5

「始末書」。表題部にそう書き記して、もう二十分ほどが経つ。だが、肝心の本文はまだ一文字も書けてはいなかった。

・ミスや不祥事がなぜ起きたのか、という原因を記す。
・自己弁護は一切しない。
・反省の弁と、自分の処分を組織に一任する旨を記す。
・書き間違いをしたら修正液を使わず、最初からすべて書き直す。

この事務室内に備え付けてある『ビジネス文書の書き方』なる本には、始末書を書く際のポイントとして、この四点が挙げられていた。

それはいいのだが、肝心の例文が「不良品の出荷を謝罪する」だの「送金の遅延を詫びる」だのと、どれも民間企業向けのものばかりだから、少しの参考にもならない。

始末書など書く羽目になったのは初めてで、どう筆を進めていいか分からず、わたしは戸惑った。

そうこうしているうち、看守長が近寄ってきて、

「できたか」

わたしの手元を覗き込んだ。こうなったら後先を考えている余裕はない。

【令和〇年十月九日、私は慢心から、規則に定められたとおりの業務を行わず――】

とりあえず、頭に浮かんでいる言葉をボールペンで書き付けていった。

【私の犯した誤りは下記のとおりです。

記

風船を膨らませる作業を自ら行わずに、被収容者（称呼番号四七〇・与田耕一）にさせていたこと】

バレないようにやったつもりだったのだが。看守長はどこかで監視の目を光らせていたのだろうか。

「それで終わりか。もう一つあるんじゃないのか」

わたしは看守長を見上げた。「何でしょうか」

「一度使った風船だよ。それはどうすると定めたはずだ？　言ってみろ」

「『衛生面を考慮し一度使用した風船は再利用せず、被収容者からの回収分をすべて一箇所に集め数を確認してから焼却処分とする』――です」

「そのとおりにしたか」

「したつもりですが」

「いいや、していない。与田の使った風船は返却されていない」

「お言葉ですが、焼却処分したときの帳簿を見てください。廃棄した風船の数は合っているはずです」

「数は合っている。だが、モノは違っていた。おまえは与田に使わせた風船にマジックで何か記号を描いただろう」

「……はい」

「廃棄された風船には、その記号が描いてなかった。ということは、別の、おそらくおまえが準備した新品だったということになる」

もう少しで感嘆の溜め息をついてしまうところだった。よくもまあ、そんな細かいところまで部下の動きを把握しているものだ。

「すみません。いまのは訂正します。与田に使わせたものは、回収したあとうっかり捨ててしまったので、しかたなく新品で帳尻を合わせておきました」

「だったら始末書にはそのように付け足しておけ」

やっと看守長が自分の席へ戻っていった。

額にハンカチを当て冷や汗を拭いていると、そのうち、事務室内が少し騒がしくなった。どうやら、今日は未決囚の健康診断が予定されているにもかかわらず、医師――蓑島が出勤していないらしい。事前に休む旨の届けが出ていないから、無断欠勤ということになる。

蓑島から今日は休む旨の連絡があったのは、午前十一時ごろになってからだった。それは蓑島本人ではなく、彼の弁護士と名乗る人物からもたらされた。


その日の午後三時前、わたしは高浜を引き連れ巡回に向かった。

「そのネクタイ、前のと違いますね」

「ああ。新品だ」

「やっぱりワンタッチですか」

そうだと答える代わりに、わたしはネクタイをワイシャツの襟からさっと外してみせた。十日ほど前、どうしても必要があり、多忙な兄と久しぶりに会った。その際にプレゼントされたものだった。

与田の房まで来ると、わたしは高浜の肩を叩いた。「おまえはここで待っていろ。おれが一人で入る」

「でも、それって規則違反ですよ」

「いいんだ。責任はおれが取る」わたしは後輩を廊下に待機させ、一人で房内に入り、与田に訊いた。「体調はどうだ」

「今日も、あまりよくありません。倒れそうです」

「すまなかった。与田さん」

なぜかいきなり、さん付けで呼ばれ、与田はただ瞬きを繰り返した。

「どうして梨本さんが謝るんですか」

「きみをすぐに病院へ連れて行くことができなかったからだ」

「……どういうことです？」

「きみはいま病気に罹っている」

この言葉は嘘ではなかった。

「それが、わたしにははっきりと分かっていた。だが、先に蓑島先生が異常なしと診断したせいで、別の先生に診てもらう許可をとることができなかった。それが申し訳ないんだよ」

「何の病気だというんですか」

その点については、どうしてもわたしの口からは言えなかった。「癌」と宣告されてショックを受けない者など滅多にはいないだろう。

「じゃあ、蓑島先生の診断書は何だったんですか。先生が誤診したということですか」

「違う」

「では何なんです」

「あの人は嘘をついたんだよ。つまり、きみが病気と知っていながら――」

「診断書には異常なしと書いた。そういうことですか」

わたしは深く頷いた。

「そんな……。なぜです」

蓑島は名医と評判の男だ。誤診とは思えなかった。では、どうして間違った診断を下したのか。

考えられる最もシンプルな理由は一つしかない。故意に間違った、ということだ。死刑囚は健康でなければ処刑されない。病気であることが判明すれば、処刑の時期が延びてしまう。

逆に言えば、健康だというお墨付きがあれば処刑される。

蓑島は、一刻も早く与田が処刑されることを望んでいる。そういうことではないのか。だとしたら、その理由は何なのか……。

そこまで考えてから、わたしは兄に会い、この一件を知らせておいたのだった。

腕時計に目をやると、ちょうど午後三時になろうとしているところだった。わたしは房内の小さなテレビを指さした。

「それを点《つ》けてくれ」

「でも、視聴許可をもらっていませんが」

「いいからスイッチを入れなさい。どうしても、きみに見てもらわなければならないものがある」

与田がテレビを点けた。午後三時。どのチャンネルでも、たいていワイドショーをやっている時間だ。

兄から密かに送られてきたメールには【午後一番で逮捕する】とあった。同時にマスコミにも発表したらしいから、もうそろそろ警察署の前からリポーターが中継しているころだろう。

「どうして蓑島医師が嘘をついたのか？　きみはいまそう訊いたね」わたしは画面を指さした。「答えはこれだよ」

思ったとおり、警察署の前からリポーターが中継をしていた。

《七年前に、Ｓ市で起きた老夫婦強盗殺人事件に関与した疑いが固まったとして、医師の男が逮捕されました》

リポーターはマイクを握り直し、手にしたクリップボードに目を落とした。

《この事件では、すでに与田耕一死刑囚の刑が確定していますが、冤罪《えんざい》だった可能性が濃厚になってきました》

与田の体がぐらりとしたのが分かった。全身から力が抜けたのだろう。わたしが横から支えてやらなければ、本当に倒れていたところだった。

6

午前十一時。約束していた時間に玄関のチャイムが鳴った。彼が来たようだ。わたしは読んでいた新聞を畳んだ。

社会面の記事は、逮捕された蓑島の初公判が本日開かれることを伝えていた。蓑島は、すでに全面的に犯行を認めている。

被害者夫婦のうち夫の方は、腎臓を患い、蓑島の治療を受けていたが、手術に際して医療ミスがあったようだ。その公表をめぐって夫婦と医師とのあいだに諍《いさか》いが起きていたらしい。

裁判の争点は量刑だが、与田との整合性を考えれば、下される判決は一つしかないだろう。

畳んだ新聞をテーブルに置き、代わりに準備していた小さな木製の箱を手に持って、わたしは玄関口に出て行った。

ドアを開けると、スーツに身を包んだ男が、玄関ポーチで直立の姿勢をとっていた。顔を合わせるのは三か月ぶりだ。しばらく見ないうちに少し太り、そのせいで印象が変わっていたが、与田に違いなかった。

「その節は、お世話になりました」与田はわたしに深々と頭を下げた。「治療が一段落したので、やっとご挨拶に伺うことができました」

一時期、『死刑台から戻った男』として、かなりマスコミに騒がれたが、もう週刊誌記者に追いかけられることもなくなったようだ。ほかの誰かを引き連れてきた様子はない。

「久しぶりだね。生還おめでとう」

わたしは握手を求めて与田に右手を差し出した。五年もその起居をつぶさに観察してきた相手だ。こうして拘置所の外で会ってみると、血のつながった身内のようにも思えてしまう。

「ありがとうございました。梨本さんは命の恩人です」

与田はわたしの右手を両手で握り返してきた。そんな彼を、わたしは家の中には招き入れなかった。代わりに、こちらがサンダルを履き、与田の背中を押すようにして、庭に出て行った。

「もう肝臓の方は大丈夫かい？　癌はすっかり取れたのかね」

「はい。おかげさまで。――あの、ずっと疑問に思っていたことがあるのですが」

「何だい」

「『きみはいま病気に罹っている』。そう梨本さんは、いつかおっしゃいましたよね。それは見事に的中していたわけですが、どうして分かったのですか」

「それを教える前に、間違いを一つ訂正しておこうか」

わたしは手近にあった竹箒《たけぼうき》を手にした。逆さまに持ち、柄の先端を地面につけ、庭土に文字を書いた。

「恩人……ですか」

わたしの書いた下手な字を正確に読み上げ、与田は顎に手を当てた。

「これが何か」

「さっき、きみはわたしをこう呼んだだろう。だがこれは失礼ながら誤りだ。——正しくはこうだよ」

わたしは竹箒の柄をあと二回動かし、いま書いた文字に棒と点をそれぞれ一つずつ加えた。そうして地面の文字が「恩人」から「恩犬」に変わると、与田はますます混乱したらしく、顎にやっていた手を額に当てた。

わたしは手にしていた木製の小箱を胸の高さまで持ち上げた。

「なぜきみの病気が分かったか。その理由はこれだよ」

箱から取り出したのは黄色い風船だった。縦棒と丸が組み合わさった記号が、マジックペンで描き入れてある。

うっかり捨ててしまった——そのように看守長には説明したものの、実は密かに自宅へ持ち帰っていた。以前はぱんぱんに膨らんでいたが、いまはだいぶ萎《しぼ》んでいる。それでも少しは中に気体が残っていた。

それを持って犬小屋の前に行った。風船の表面を指で軽く圧迫し、中の気体を少し外に漏らしてやった。と同時に、それまで眠っていたリンが急に起き上がり、猛烈な勢いで小屋から飛び出してきた。

首輪のチェーンがもう少し長ければ、この風船に飛び掛かり、爪で引っかくか咬《か》むかして、ゴムを破っていたところだ。

「わたしの知り合いにも一人、癌の患者がいてね」

リンの腹を撫でて落ち着かせながら、伊藤の顔を思い浮かべた。彼もどうにか無事に治療を終え、いまでは、また朝の散歩で顔を合わせるようになっている。

「きみの呼気で試す前に、その人の息を風船で持ち帰って、この犬に嗅がせてみたことがあったんだ。結果は、いまと同じだったよ。だからきみも癌だと確信が持てた」

世の中には、特定のにおいに強く反応する犬がいる。珍しいところでは、トリュフ、貨幣、シロアリなどのにおいだ。

そこにもう一つ付け加えるなら、例えば「人体に宿った病巣」が挙げられるだろう。呼気のにおいで癌を探知する犬。その存在はわりと有名だから、以前からわたしも知っていた。しかし、まさか自分の飼い犬にそのような能力が備わっているとは、もちろん想像したことすらなかった。

与田は懐かしそうな目で黄色い風船を見つめた。

「つまり、わたしの息を運ぶための道具だったんですね、これは」

「ああ。——今度はきみ自身が実験台になってみてごらん」

風船を箱の中にしまい、代わりに与田をリンに近づかせたところ、雌のラブラドールレトリバーは何の反応も見せなかった。

生還おめでとう。わたしはもう一度、今度は胸の裡《うち》でそっと呟いた。

解説

青木千恵

本書は、短編ミステリの名手として知られる長岡弘樹さんによる、「家族」「血縁関係」をテーマにした短編集だ。七編が収められている。冒頭の「文字盤」は、県警内で『寺島式』とも言われる独自の捜査方法で実績を挙げてきた刑事の寺島俊樹が、コンビニ強盗事件の捜査をする場面で始まる。徹底して当事者の立場に身を置き、犯行現場を再現して犯人の見当をつける捜査法だが、今回は手がかりが少ない。コンビニの店長にナイフを突きつけた強盗は、電話の音が鳴り【でていいか】と店長からメモで尋ねられても、何も答えなかったのだ。思案する寺島に、同期で親友の末原が退院したとの知らせが届く。

続く「苦いカクテル」は、老親の介護をする城所美登里が主人公だ。三年前に脳梗塞で倒れて右腕以外の機能を失い、会話も食事も排泄《はいせつ》もままならない父は、病に蝕《むしば》まれた姿を血の繋《つな》がった身内にしか見られたくなく、ホームヘルパーが来るのを嫌う。介護に疲れた美登里は、七年ぶりに妹と再会し、二人で介護生活を始めることにする。

「オンブタイ」は、一台の車が農道を走る場面で始まる。酒に酔った状態で後部座席にいる西条隆也は、建設会社の人事課長だ。県内の建設業者の懇親会で酒を飲み、部下の原を呼び寄せて送ってもらう途中、気まぐれで原の住まいに寄ることにした。その思いつきが重大な事態を招くとも知らずに。

表題作の「血縁」は、幼い頃から姉の令子に虐げられてきた栗原志保の話だ。姉は美人で外面はいいが、内面は悪魔なのである。成長してホームヘルパーになった志保は、姉と同じ職場に配属されてしまい、退職を考える。憧れの上司に心配されて思いとどまるが……。五編目「ラストストロー」の芹沢伸作は、元刑務官である。八年前の六月七日、殺人犯の死刑執行で共にボタンを押した後輩の米橋、外塚と「七日会」を作り、毎月七日に集まっては近況を語らって、そろそろ百回目になる。芹沢は定年を迎え、六歳下の外塚は八十八歳の父の介護問題を抱えるなど、三人それぞれに生活環境が変転してきた。

「32－2」は、一代で財を築き上げた母親が、〝女帝〟として支配する資産家の話である。母の命令でゴルフに出かけ、奇妙な展開になっていく。そしてラスト、七編目「黄色い風船」は、刑務官を務める梨本が主人公だ。愛犬の散歩を日課にしている梨本は、ある朝、犬の首輪にリードをつけながら死刑囚の顔を思い浮かべる。梨本が勤める拘置所には、七年前の強盗殺人事件で死刑判決を言い渡された与田耕一という死刑囚がいた――。

著者の長岡弘樹さんと、本書について、まず触れておこう。二〇〇三年に「真夏の車輪」で第二十五回小説推理新人賞を受けてデビューした長岡さんは、「小説推理」に発表した四つの短編に書き下ろし一編を加えて、初の単行本『陽だまりの偽り』（双葉社）を二〇〇五年に刊行している。

二〇〇八年に「傍聞《かなえぎ》き」で第六十一回日本推理作家協会賞短編部門を受賞し、受賞作を収録した短編集『傍聞き』（同年、双葉社）が二〇一二年に文庫化されて大ヒット。二〇一三年に刊行された短編集『教場』（小学館）も大ヒットし、人気作家になった。デビュー後、複数の出版社から依頼されて短編を寄せていたが、短編のため一冊にまとまるのに時間を要し、刊行されるや多くの読者に支持されたのだ。本書も、発表がもっとも早い「ラストストロー」は二〇〇八年の初出だ。七編は二〇〇八年から二〇一六年にかけて、「小説すばる」に掲載された。つまり本書は、家族、血縁関係をテーマに、十年以上前からこつこつと丹念に書き継がれた作品集なのである。

では、長岡弘樹さんの小説の魅力を挙げていこう。まずは卓抜なアイデア、そのアイデアを起点にした短編の造り込みの見事さである。どの作品も人物の設定や会話、ディテールが細部まで巧みに繋がりあい、無駄な部分は皆無と言えるほどだ。表題作の「血縁」は姉妹の間に流れる時間の経過がうまく扱われているし、「苦いカクテル」はモチーフの生かし方がすごく、法廷ミステリーの趣向も交えられて胸打たれる一編だ。「オンブタイ」はトリックに唸《うな》り、ホラー風味。冒頭からラスト一行まで、よくこんなことを思いついては描き切るなとアイデアと技巧に唸らされる。

私は二〇一三年の『教場』刊行時、長岡さんにインタビューをさせていただいた。その時の話を引きつつ紹介すると、長岡さんは冒険小説を紹介した記事が機縁で、逢坂剛さんの『カディスの赤い星』、船戸与一さんの『山猫の夏』を読み、学生時代に小説にのめり込んだという。読書傾向が徐々に変化してヘンリー・スレッサーやフレドリック・ブラウン、日本では阿刀田高さん、星新一さんの作品を熱心に読み、好きが高じて自ら書き始めた（『有鄰』二〇一三年十一月号より）。

アイデアが好きで、ストーリーよりもアイデアを形にしたくて小説を書く。アイデア主体となると、長編よりも短編の方が器としてしっくり来るので、「小説家」というよりは「作家」、「アイデア作家」であることを早くから意識したそうだ。私は長岡さんの短編を読むとき、次々現れるディテールに目を留めつつ読むのが楽しく、読み終えたときには一編丸ごとがアイデアだと思わされる。浮かぶというよりも、考え抜かれてアイデアが紡ぎあげられているからで、結果、唯一無二の作品として結実する。

次に、読者一人一人に通じる「普遍性」「日常性」も、長岡さんの短編の魅力だ。事件が起こるとしても大事件ではなく、新聞用語で言えば「べた記事」や地方版で扱われるかどうかくらいの事件だ。舞台は、日本にあるどこか。日常に近い、たった今どこかで起きているような出来事が描かれている。

たとえば本書なら、「文字盤」で寺島が捜査しているのはコンビニ強盗。「苦いカクテル」は介護。「オンブタイ」は懇親会から帰る場面で始まり、「血縁」の冒頭、志保が姉の令子に強要されるのは万引きだ。高齢化が進む町のニーズで介護の仕事に就き、姉と事業所が同じになる出来事も起こり得る。世の中に影響を与えたり、震撼《しんかん》させるような大事件でなくても、当事者にとっては人生の一大事だ。

〈アイデア重視で、派手な事件で読者の目を引いてなるものかと、意地になっているところもあります。事件よりも、小説の核であるアイデアをきらりと光らせ、それを面白がってもらいたい〉（前出『有鄰』）と、長岡さんは、「日常性」について尋ねた私に答えてくださった。長岡さんの短編は、人物がしっかりと造形されていてリアルである。人一人の人生の奥は深いものだから、読者はまるで自分のことのように身近に感じる。リアルでスリリングで奥行きの深い、普遍性のある短編に紡がれているのである。

さて、その上で、家族、血縁関係をテーマにした本書を通して浮かび上がるのは、どんな家族の姿だろうか。引きこもり、介護、同族会社、格差、親族殺人、ペットまで、本書にはさまざまな家族が登場し、現代社会の事象が盛り込まれている。現実として、大事件の報道を見ていると、犯人は市井に暮らしながら殺意を研いでいたのだと知らされる。また、日本では今、殺人事件の年間摘発件数で親族間殺人の割合が過半数を占めている。痛ましい児童虐待事件も起きていて、家族は必ずしも温かな場所ではないのである。

「家族のような」と聞いて、イメージするのは温かさだろうか？　もしも家族に温かさを感じずにいるなら、むしろスッと背筋が寒くなったりするのではないか。人間同士、合わないこともあるのに、家族だったら、血縁ならと、「家族まかせ」にされがちだ。今は、どんな家族像が「スタンダード」で「理想」なのだろう。その実は、家族は千差万別で同じ家は一つもないではないか。家族、血縁関係をテーマに、さまざまな家族が登場する本書は、今を反映した短編集でもある。

家族って、なんだろう。

私ぐらいの年齢になり、両親をはじめ親族で亡くなる人が増えてくると、亡くなった人のことや子供時代の記憶を共有するのは生きている家族、つまり身内しかいない。そう考えると、家族というのは記憶を共有する場なのだとも思う。そして、生きているといろんな人と会い、懐かしい人が増えていく。本書の家族は一筋縄ではいかないし、シビアなこともたくさん描かれているけれど、未来に繋がる救いもある。長岡さんの短編は、アイデア重視といえども「人間味」も魅力だ。人情や町の風景が脳裏に浮かび、読み終えたときに涙を誘われたりする。

たとえば「ラストストロー」では、八年にわたって「七日会」を続けてきた芹沢が、こんなことを思っている。

〈来月はもう百回か。
百――その数字に感じるのは、もはや、三人がやり遂げた仕事の重大さというより、三人の結びつきの強さだ〉

さすが、長岡弘樹さん。アイデアと技巧に唸り、短編の醍醐味《だいごみ》が味わえる、優れた短編集である。

生きて、そして帰る場所。七編の行きつく先をぜひ楽しんでいただきたい。

（あおき・ちえ　フリーライター／書評家）

※本書はフィクションであり、作中に登場する人物・団体・薬品等はすべて架空のものです。

本書は、二〇一七年三月、集英社より刊行されました。

初出「小説すばる」
文字盤（「文字板」を改題）　二〇〇九年九月号
苦いカクテル　二〇一四年一一月号
オンブタイ　二〇一一年三月号
血縁　二〇一二年一〇月号
ラストストロー　二〇〇八年九月号
32-2　二〇一二年四月号
黄色い風船　二〇一六年一一月号

集英社文庫

血《けつ》　縁《えん》

2019年9月25日　第1刷
2023年6月6日　第5刷

定価はカバーに表示してあります。

著　者　長岡弘樹《ながおかひろき》

発行者　樋口尚也

発行所　株式会社　集英社
東京都千代田区一ツ橋2-5-10　〒101-8050
電話　【編集部】03-3230-6095
【読者係】03-3230-6080
【販売部】03-3230-6393（書店専用）

印　刷　凸版印刷株式会社

製　本　凸版印刷株式会社

フォーマットデザイン　アリヤマデザインストア　　マークデザイン　居山浩二

ISBN978-4-08-744021-8 C0193